INTIMITÉS

Auteur new-yorkais, Laurie Colwin est née en 1944. Elle publie sa première nouvelle dans le *New Yorker* à vingt-quatre ans. En une trentaine d'années, elle écrira aussi bien des ouvrages de cuisine que des romans ou des recueils de nouvelles. Mais ses dons ne s'arrêtent pas là : elle a également traduit l'œuvre d'Isaac Bashevis Singer, a été chroniqueuse gastronomique et a travaillé dans l'édition. Très célèbre aux Etats-Unis – les Américains adorent la délicatesse de son style et son humour –, Laurie Colwin n'a été traduite en français qu'à partir de 1999. Elle est décédée à Manhattan en 1992.

Paru dans Le Livre de Poche :

ACCIDENTS

COMMENT SE DIRE ADIEU ?

DRÔLES D'OISEAUX

FAMILLE, TRACAS & Cie

FRANK ET BILLY

RIEN QUE DU BONHEUR

UNE ÉPOUSE PRESQUE PARFAITE !

UNE VIE MERVEILLEUSE

LAURIE COLWIN

Intimités

TRADUIT DE L'ANGLAIS (ÉTATS-UNIS) PAR ANNE BERTON

ÉDITIONS AUTREMENT

ISBN : 978-2-253-12941-7 – 1re publication LGF

La fille aux lunettes multicolores

Sur le bureau de Guido Morris, il y avait une photo encadrée de Guido avec Vincent Cardworthy. Les deux jeunes gens étaient splendides. Cette photographie avait été prise un jour où ils se sentaient tous les deux très sûrs d'eux, et montre deux hommes grands et minces habillés de costumes coûteux. Guido avait installé l'appareil photo, qui avait un déclencheur à retardement, puis il avait rejoint le bureau en courant. Vincent et Guido étaient amis depuis qu'ils étaient bébés. En fait, ils étaient cousins et partageaient souvent le même état d'esprit. Leur assurance se voyait à leur large sourire, aux mains qu'ils enfonçaient résolument dans leurs poches et à la tête légèrement inclinée sur le côté, avec sur le front quelques boucles de cheveux qui retombaient élégamment. Ce jour-là, Vincent et Guido étaient remplis d'un sentiment presque anachronique de bien-être et d'optimisme ; c'est pour cela qu'ils avaient décidé de prendre une photo. « Nous nous sentons trop bien pour ne pas garder une trace de ce moment », avait dit Guido.

Entre eux, sur la photo, presque cachée par les épaules bien coupées de leurs vestes, il y avait Jane

Marshall-Howard, la très belle Anglaise qui à l'époque servait de secrétaire maussade et inefficace à Guido. Si la photo trahissait le moindre soupçon de tension, cela se voyait aux tout petits plis qui marquaient le coin des yeux de Guido : il tentait de se décider à virer Jane. Cela allait être difficile, parce qu'elle était très décorative et qu'il s'était habitué à elle, comme l'on s'habitue à une douleur lancinante. Elle était toujours en retard, elle renversait du café sur ses documents, et sa capacité de concentration à la machine à écrire n'excédait pas cinq à six minutes. Le lendemain du jour où la photo avait été prise, elle annonça à Guido qu'elle s'était mariée secrètement avec un Brésilien, héritier d'un empire du café, et qu'elle démissionnait pour rejoindre son mari qui venait de prendre la tête de sa plantation.

L'après-midi du jour où Jane Marshall-Howard démissionna, la femme de Guido l'appela pour lui dire qu'elle partait passer quelques mois dans la maison de campagne de ses parents. Elle pensait que cela serait bon pour leur développement émotionnel. « Nous devrions évoluer séparément pendant quelque temps », dit-elle.

La démission de Jane le jeta dans la panique générale qui accompagne les petits changements ; il ne savait pas quoi penser à propos de sa femme. Elle lui dit qu'elle emportait une partie de ses vêtements et quelques-uns de ses livres. Sans se rendre bien compte qu'il allait devoir vivre seul au milieu des chaussures de sa femme, de ses bouteilles, de ses étains et de ses livres en français, Guido appela immédiatement l'agence pour dire qu'il avait besoin d'une secrétaire et qu'elle devait être capable de taper au moins soixante-dix mots à la minute. Puis il but un grand verre d'eau gazeuse et ne fit rien de productif de l'après-midi, à part vider son cendrier.

De l'autre côté du bureau, il y avait une autre photo de Guido et de Vincent. Celle-ci ne témoignait pas d'un accès de bonne humeur de Guido, mais de l'une de ses décisions. À peine visible, si ce n'est pour une paire de lunettes multicolores, il y avait le visage de Betty Helen Carnhoops, la fille que Guido avait engagée pour remplacer Jane. Sur cette photo, Guido avait un air plutôt content parce qu'il venait d'engager quelqu'un de raisonnable, et Vincent avait un air atterré mais insondable. Il venait juste de ranger Betty Helen Camhoops dans la catégorie des catastrophes naturelles.

– Comment as-tu pu l'engager après Jane ? demanda Vincent.

– Jane… murmura Guido d'un ton absorbé.

– Elle est atroce.

– Elle est charmante. Pas besoin de s'habituer à elle (Guido regardait par la fenêtre d'un air absent). C'est une fille charmante et efficace.

Guido et Vincent avaient la chance d'être tous les deux rentiers, et ils considéraient le travail comme un passe-temps. Vincent était un statisticien free-lance, qui travaillait pour le Centre de l'urbanisme, et il s'intéressait particulièrement aux détritus. Il étudiait les quantités de déchets, et en estimait la production par unité d'habitation, envisageait les crises potentielles et échafaudait des théories pour s'en débarrasser.

Guido avait hérité d'une fondation privée, Magna Carta, qui s'occupait d'un magazine littéraire, *Runnymede*, dont il était l'éditeur.

– À ton avis, quelle est la quantité de détritus produite par Betty Helen Camhoops et son mari ? demanda Guido à Vincent.

– Qui pourrait bien vouloir se marier avec elle ?

– Son mari termine ses études d'ingénieur, ou quelque chose comme ça. Ou de chimie.

– C'est la quantité de détritus pour une personne au carré.

– Pas multiplié par deux ?

– Au carré, grogna Vincent. Cette fille est une tasse de soupe qui a dépassé la date limite de consommation.

– Elle est absolument parfaite, et j'en suis très content. Elle est calme et efficace. Ton problème c'est que tu es tellement blasé que tu ne sais pas ce qu'est une personne simple et agréable.

– Ton problème à toi, Guido, c'est que tu es très naïf. Cette fille est un véritable serpent.

– Oui, mais c'est ma secrétaire et, moi, je la trouve gentille.

– Mais je passe mon temps ici, répondit Vincent avec tristesse.

Vincent travaillait surtout dans le bureau de Guido. Il avait une table dans un coin, près de la fenêtre. En tant que statisticien free-lance, il avait droit à un bureau au Centre de l'urbanisme. Mais cette pièce avait la forme d'un triangle isocèle, ce qui lui donnait l'impression d'être à l'étroit et provoquait une légère sensation de vertige. Le bureau de Guido était grand, blanc, aéré, avec une vue sur Central Park. Vincent pensait que c'était là qu'il travaillait le mieux. Guido et lui passaient de longs après-midi à boire de l'eau gazeuse avec du citron vert et à regarder le soleil jouer dans la collection de coupes en verre de Guido.

Ils passaient des mois dans une paresse indolente et indulgente, suivis d'une période de travail frénétique et acharné. Une fois par semestre, Guido sortait un numéro de *Runnymede*, que les critiques, les auteurs et les souscripteurs trouvaient merveilleux. Deux fois par an, Vincent publiait une étude sur les détritus qui paraissait dans *Le Journal de l'urbanisme* et était citée dans le *New York Times* et dans *Villes d'hier et d'aujourd'hui*.

Betty Helen Carnhoops était une fille trapue avec les jambes arquées. Elle avait des cheveux courts et efficaces, à la couleur indéfinissable, même si Vincent prétendait qu'ils avaient exactement la même teinte que le pelage d'un rat. Sa peau était pâle et un peu moite, légèrement marbrée sur les bras comme les saucisses de Francfort. Elle avait des yeux pâles entourés de cils courts et pointus. Ses lunettes multicolores étaient en plastique vert avec à chaque coin une petite rose dorée dont le cœur était constitué par un zircon.

– Qui pourrait vouloir se marier avec elle ? dit Vincent (il corrigeait l'une de ses études intitulée : « La technologie et le bien commun : de nouvelles techniques pour une évacuation efficace des détritus »). Tu disais que son mari était vétérinaire ?

– Il fait des sciences politiques, quelque chose comme ça.

– Il devrait s'intéresser à la santé publique. Et commencer par elle.

– Écoute, dit Guido. Prends Jane. Oui, Jane était très décorative, mais elle arrivait en retard, elle partait tôt, elle ne venait pas quand il faisait beau, et elle boudait toute la journée. D'autre part, elle était tout le temps au téléphone et ses pauses déjeuner duraient trois heures. En plus, elle n'avait aucun sens de l'orthographe, elle a perdu cinq manuscrits, et elle était bizarre et désagréable. Tandis que Betty Helen, elle, arrive à l'heure, part à l'heure, ne fait pas la moindre faute, connaît la grammaire, et ne passe qu'un seul coup de téléphone de quatre minutes dans la journée. Je crois que c'est à son mari.

– Cette fille me flanque les jetons. Attends un peu de voir ce qu'elle va faire. Mon Dieu, mais qui pourrait bien vouloir se marier avec elle ?

Vincent aimait très peu de gens. Il aimait Guido, qu'il avait connu toute sa vie ; il aimait sa sœur, qui vivait au Colorado ; il avait des souvenirs attendris d'une fille avec qui il s'était fiancé ; et il aimait une fille qui travaillait au Centre de l'urbanisme. Elle s'appelait Misty Berkowitz. Vincent l'avait découverte, un jour, avachie sur sa machine à écrire, remuant nonchalamment son café avec son stylo à encre. De petites lunettes ovales glissaient sur son nez. Elle avait des cheveux ambrés qui lui tombaient sur les yeux. Elle paraissait s'ennuyer et détester le monde entier, et elle dessinait des moustaches sur les visages des photos du *New York Times*. Vincent lui dit bonjour et s'apprêtait à entamer une conversation sur les grands titres quand elle leva les yeux et grogna : « Tirez-vous d'ici. » Elle vint s'excuser un peu plus tard dans son bureau en disant : « Le matin, c'est l'horreur. » Vincent sentit que son cœur fondait comme de la cire chaude. Il lui demanda si elle voulait déjeuner avec lui et l'emmena dans un restaurant italien mal éclairé.

Misty Berkowitz avait vingt-cinq ans. Elle portait une vieille veste en daim et révéla à Vincent qu'elle parlait allemand, français et xhosa.

– Xhosa ?

– Je l'ai appris en cours de linguistique. Quand j'aurai assez d'argent pour quitter ce trou, j'irai là où on le parle et je le parlerai.

– Et où est-ce qu'on le parle ?

– Je n'en sais rien. En Afrique, je crois. Je n'ai jamais posé la question.

– Est-ce que Misty est votre vrai nom ou est-ce un diminutif ? demanda Vincent.

– C'est mon vrai nom, lança-t-elle d'un ton hargneux.

– D'où cela vient-il ?

– De ma mère, qui est une conne.

Le serveur apporta deux assiettes de Fettuccine Alfredo. Misty mangea délicatement, comme si elle examinait sa nourriture sous un microscope. Vincent mangea rapidement attendant que Misty dise quelque chose, mais elle était trop absorbée par ses pâtes pour parler. Après que les assiettes eurent été débarrassées, elle regarda silencieusement le fond de sa tasse de café.

– Vous êtes une sorte de secrétaire ? demanda Vincent. Je veux dire, qu'est-ce que vous faites comme métier ?

– C'est quoi ça, le jeu de la vérité ? Je ne fais rien, je me contente de rester assise sur ma chaise.

– OK, alors pour qui travaillez-vous ?

Misty tapota sa tasse de café avec sa petite cuillère.

– Pour un type qui s'appelle George, je crois. Le type avec les lunettes roses. Vous voyez qui je veux dire ? Il a des renforts aux coudes. Je n'arrive pas à découvrir son nom de famille. Il vient me voir quand il a besoin de moi et il me donne des trucs à analyser et à corriger. Le reste du temps, je lis d'autres trucs.

– Ça fait combien de temps que vous travaillez là ?

– Ça fait environ six mois, mais avant j'étais à un autre étage. Et vous d'abord, qu'est-ce que vous faites ?

– Je suis dans les détritus.

– C'est malin. Quoi comme détritus ?

– Je fais des études sur la quantité de détritus que l'on produit et comment on peut s'en débarrasser. Là, je cherche un moyen de les comprimer dans des tubes qui les transforment en paillis.

– Ça fait rêver, dit Misty. Je pense que les gens devraient détester leur boulot parce que c'est dégradant de travailler.

Vincent inclina sa chaise vers l'arrière. Il se demanda s'il pourrait amener Guido à remplacer Betty Helen Carnhoops par Misty Berkowitz. De cette façon, Guido aurait une secrétaire intéressante et séduisante et Vincent pourrait continuer à faire connaissance avec Misty. Si elle travaillait dans le bureau de Guido, Vincent pourrait lui montrer à quel point il était quelqu'un de bien, de compétent et de gentil. Il trouvait que le bureau de Guido faisait ressortir ce qu'il y avait de mieux en lui. Il lui vint à l'esprit qu'il allait tomber amoureux de Misty Berkowitz, mais il pensait qu'elle le trouvait maniéré.

– Les gens riches me donnent envie de vomir, dit-elle.

Guido ruminait. La veille, Vincent avait ruminé.

– Nous sommes à un tournant de notre vie, avait-il déclaré tristement à Guido.

– Qu'est-ce que c'est censé vouloir dire ?

– Nous sommes deux jeunes hommes à la fleur de l'âge. Nous devrions faire des trucs d'adultes, des trucs concrets, à long terme. C'est terrible, mais j'ai toujours l'impression d'être un enfant. Chaque adulte est un directeur d'école qui s'apprête à me mettre à la porte. Pourquoi est-ce que je fais ces choses idiotes, comme de me jeter au cou de Misty Berkowitz ? J'ai l'impression d'être un lycéen déguisé en adulte.

De temps en temps, des amis de Guido parlaient de lui en disant qu'il était « à nouveau célibataire », ce qui lui causait une détresse considérable. Cela faisait maintenant quatre mois qu'il était séparé de sa femme Holly, née Stergis. Elle l'appelait de la campagne une fois par semaine et ils déjeunaient ensemble une fois tous les quinze jours, mais Holly refusait de dîner avec lui. « C'est trop risqué », disait-elle.

« Je ne vais pas me laisser détruire par toi, ou par quelqu'un comme toi », disait Guido en se parlant à lui-même. Il discutait en face du miroir qui lui renvoyait l'image de Holly, née Stergis. Les bons jours, il faisait des projets pour leur avenir commun, et les mauvais jours, il se sentait privé à jamais de toute chaleur humaine.

Betty Helen Carnhoops apparut à la porte. « Vos amis sont arrivés », dit-elle avec autant d'entrain que si elle annonçait le botulisme ou la peste.

Vincent entra, guidant Misty par le coude. Il la présenta à Guido. Son visage rayonnait d'espoir.

– N'est-ce pas un bureau superbe ? dit-il avidement.

– Pas mal, marmonna Misty. Vous travaillez dans le domaine littéraire, c'est ça ?

Guido lui tendit un ancien numéro de *Runnymede*. Elle le feuilleta comme on bat un paquet de cartes.

– Aimeriez-vous un verre d'eau gazeuse ?

– J'aimerais m'asseoir en posant les pieds sur quelque chose, si ça ne risque pas d'abîmer ces surfaces étincelantes ?

Guido lui offrit un pouf en osier et elle posa les pieds dessus. Elle portait de coûteuses petites chaussures vertes.

– Aimeriez-vous un verre d'eau gazeuse ? répéta Guido.

– Vous n'auriez pas quelque chose d'aussi banal que du café, par hasard ?

– Je vais demander à ma secrétaire d'en préparer, dit Guido.

– Cette horrible fille à l'entrée ? Mon Dieu, ces lunettes multicolores ! Certaines personnes n'apprendront jamais rien.

– En fait, elle est très agréable.

– J'aimerais bien du café, mais pas si je dois le lui demander à elle.

– Je vais en chercher, dit Vincent en quittant son fauteuil d'un bond. Il y a un café en bas.

Il sortit du bureau en toute hâte.

– Vous, dit Guido à Misty, est-ce que vous êtes amie avec Vincent parce que vous êtes tous les deux tellement négatifs ?

– Qui est négatif ? Et puis Vincent n'est pas mon ami. Je ne le connais même pas. Je ne sais même pas ce que je fais ici.

– Ça fait trois négations de suite, répondit Guido.

Vincent revint avec le café, qui coulait à travers le sac en papier. Il le tendit à Misty. Il était littéralement anéanti par l'amour.

Betty Helen Carnhoops était comme un îlot de calme au milieu de la tempête. Elle opérait sans plus de heurts que la cuisine d'un hôpital. Vincent disait qu'elle était un aspirateur incarné. Au téléphone, sa voix était animée et astringente. Ses lettres étaient de petits miracles toujours impeccablement justifiés. Elle ne parlait jamais à Guido, sauf si cela avait un rapport avec le travail, et ses quelques tentatives de conversation se limitaient à des sujets aussi neutres et inintéressants que le temps, ou l'heure à laquelle devait passer le laveur de carreaux. Cependant, elle annonçait toutes les personnes qui venaient au bureau en appelant Guido à l'interphone pour lui dire que ses amis étaient arrivés. C'est ainsi qu'elle annonçait le laveur de carreaux, les auteurs, les administrateurs de la fondation Magna Carta, les messagers, les réparateurs de téléphone et les livreurs du traiteur. Cela avait échappé à Guido. Vincent se chargea de le lui faire remarquer.

– Betty Helen ne change jamais. C'est un vrai plaisir, dit Guido.

– Cette femme a été lobotomisée. Elle attend juste son heure pour frapper. Pourquoi dit-elle que ces messagers de la Western Union sont tes amis ?

Le bureau bourdonnait d'efficacité. Pour Guido, c'était comme vivre dans un tunnel tranquille, sûr et confortable, dans le ronronnement du téléphone et de la machine à écrire. Holly l'appela pour lui dire qu'elle partait en France avec sa mère pour quelques semaines et qu'elle devait annuler leur déjeuner. Elle appela pendant la pause déjeuner de Betty Helen, et quand elle eut raccroché, Guido posa la tête sur son bureau et fit un petit somme malheureux.

Cet après-midi-là, Vincent proposa à Guido de virer Betty Helen pour embaucher Misty Berkowitz.

– Elle est très intelligente, et elle déteste son boulot, dit Vincent. Je pense qu'elle aimerait vraiment travailler ici, et puis comme ça on se verrait tout le temps, tu comprends.

– Je t'en supplie, cria Guido, l'air hagard. Laisse-moi ma Betty Helen Carnhoops. Je n'en peux plus de tout ça.

– De tout quoi ?

– Je veux quelqu'un de normal, de stable, et c'est ce que j'ai trouvé. J'en ai vraiment assez de ces beautés fatales qui ne savent pas lire et veulent me bousiller la vie.

– Misty sait lire, et ce n'est pas une beauté.

– Elle a l'air intéressant, répondit Guido. Et ça, c'est mauvais signe.

– Et puis ce n'est pas ta vie qu'elle bousille. C'est la mienne.

– Arrête ton mélo. Si tu voulais une gentille fille bien stable, c'est ce que tu aurais. De toute évidence, ce n'est pas ce que tu cherches, sinon tu ne traînerais pas avec elle.

– Ne me fais pas la morale. Elle me déteste, j'en suis sûr. Elle m'a dit que les gens comme moi étaient inutiles. Elle dit que tout ce que je fais sert à alimenter le système. Elle dit qu'en cas de révolution, je ne servirai à rien. Ça me rend vraiment triste.

– S'il y a une révolution, cette fille devra abandonner ses chaussures vertes hors de prix. Et puis, si tu es tellement inutile, qu'est-ce qu'elle fabrique avec toi ?

– Je ne sais pas. Elle m'a fait à manger l'autre soir. C'était un rôti à la cocotte. C'est vraiment triste.

– Grandis un peu, répondit Guido.

Il pensait à Holly.

– Si seulement tu voulais bien l'engager, je nagerais en plein bonheur du matin au soir.

– Et moi je nagerais en plein cauchemar. C'est totalement hors de question.

– Elle me déteste vraiment, dit Vincent. J'en suis persuadé.

Un après-midi, Vincent appela Guido à son bureau pour lui demander s'il pouvait y retrouver Misty Berkowitz. Misty arriva la première avec ses chaussures vertes et sa veste en daim. Elle s'assit en posant les pieds sur le pouf en osier et but un soda.

– Je ne voudrais pas être indiscret, demanda Guido, mais pourquoi êtes-vous aussi horrible envers Vincent ?

– Ah, vous deux ! ricana Misty. Je n'ai rien vu de tel depuis le collège. On dirait des gamines de treize ans.

– Vous devez bien reconnaître que vous n'êtes pas très gentille avec lui.

– Et pourquoi le serais-je ? Il a une vie facile. Je suis là en partie pour être horrible envers lui. Ça lui donne l'impression d'exister.

Elle balança sa chaussure au bout de ses orteils.

– Il a ce qu'il mérite, et il a ce qu'il veut. Comme nous tous.

– Les gens de votre âge sont très durs, apparemment.

– Pas de chance. Ne me traitez pas comme une enfant.

– Il dit que vous le détestez, que vous le faites marcher et que vous refusez de coucher avec lui.

– Ça pourrait arriver, bien que cela ne vous regarde pas.

– Qu'est-ce qui pourrait arriver ?

– Que je couche avec lui.

– Vous l'aimez bien, alors.

– Peut-être que je coucherais avec lui si je m'ennuie en ne couchant pas avec lui.

Elle bâilla, découvrant de petites dents blanches. La mâchoire inférieure était légèrement de travers.

– Je pense que vous avez des valeurs très rigides, Misty. La vie est très courte et Dieu sait à quel point elle est difficile. Si vous appréciez Vincent, vous ne devriez pas être aussi affreuse avec lui. C'est plus facile d'être gentil avec les gens qu'on ne le croit généralement.

– Quel beau sermon ! Ce n'est pas facile du tout. Même si j'aimais bien Vincent, je ne le lui montrerais jamais. Les gens ne doivent pas savoir que je les apprécie. Ça leur donne du pouvoir sur moi.

– Vous êtes vraiment une fille difficile, dit Guido.

Il avait l'air chagriné et mystifié.

– Possible, répondit Misty en regardant sa chaussure. Écoutez. Vincent pense qu'il peut être gentil envers moi comme il l'est envers tout le monde. Mais c'est impossible, parce que je ne suis pas tout le monde, et j'attends qu'il s'en rende compte.

– C'est la première chose humaine que je vous entends dire.

– Le problème avec vous, les riches, c'est que vous êtes tout le temps polis.

Ils restèrent silencieux quelque temps à écouter le cliquetis sourd de la machine à écrire de Betty Helen.

– Qu'est-ce que vous allez faire d'elle ? demanda Misty.

– Vous voulez parler de Betty Helen ?

– C'est son nom ? Vous allez la virer ?

– Certainement pas. Pourquoi le ferais-je ?

– Parce qu'elle est de toute évidence la personne la plus atroce de New York. Vincent prétend que ça en dit long à votre sujet, que vous l'ayez engagée. Il dit que c'est une réaction à Holly Machinchose et qu'en l'engageant vous essayez de retrouver la stabilité que vous avez perdue.

Betty Helen appela à l'interphone : « Votre ami est arrivé. »

– J'en ai un peu assez que l'on fasse de cette fille le symbole de ma personnalité, dit Guido.

Vincent arriva à la porte du bureau. Il avait l'air timide et gamin, et il trébucha sur le pas de la porte.

Il était onze heures, et Vincent était très triste. Il n'était pas allé à son bureau du Centre de l'urbanisme et il traînait dans le bureau de Guido en mangeant de la bisque de crevettes directement dans la boîte.

– Je ne crois pas m'être jamais senti aussi mal.

– Qu'est-ce qui ne va pas ? demanda Guido.

– On s'est disputés Misty et moi. Je ne sais pas ce que j'ai fait de mal. Hier soir, elle m'a jeté un magazine et elle a dit que je la traitais comme une inconnue dans le métro. Je ne comprends pas. Et puis après, elle a dit qu'elle n'aimait personne.

– Elle dit tout le temps ça, dit Guido, qui corrigeait des épreuves avec un stylo bleu.

– Cette fois-ci, elle parlait de moi. Qu'est-ce que j'ai fait ? Je ne pense pas la traiter comme une inconnue dans le métro. Je suis amoureux d'elle.

– Et si tu te trouvais une gentille fille sympa, pour changer ? marmonna Guido par-dessus son stylo.

– Mais j'ai trouvé une gentille fille sympa pour changer. Toi, tu vas te trouver des gentilles filles sympas, et t'as vu ce que tu ramènes ? Holly Stergis et ce truc-là dehors ! Ça, c'est vraiment des gens gentils et sympas.

– Tu arrêtes de me parler de Holly. Et tu arrêtes de me parler de Betty Helen. Au moins, je ne cours pas après une gamine qui me traite comme un chien.

– Pour ce que j'en vois, aucune de ces deux-là ne te traite du tout. Pour moi, c'est toi l'inconnu dans le métro.

Guido soupira et retourna à ses épreuves. Holly, née Stergis, était pour lui une source perpétuelle de malheur. Tard le soir, il lui parlait dans son miroir. Elle logeait avec sa mère au George-V à Paris, et il lui avait envoyé plusieurs lettres. En retour, elle lui avait écrit une carte postale qui disait : « Je passe mon temps à réfléchir. J'ai eu tes lettres. Ne t'attends pas à ce que j'écrive parce que je préfère qu'on parle. H. » Cela voulait-il dire qu'elle pensait à lui ? À eux ? Ou cela voulait-il dire qu'elle revenait pour demander le divorce ? Guido avait l'impression qu'il n'arriverait pas à se calmer ou à se reposer jusqu'à ce qu'il la voie, mais elle avait négligé de préciser quand elle revenait.

Betty Helen apparut à la porte. « Votre ami est arrivé », dit-elle. L'ami en question était un livreur qui apportait trois bouteilles d'eau gazeuse. Vincent et Guido burent un verre chacun. Ils étaient tous les deux très agités.

– Pourquoi tu n'écris pas une autre étude sur les détritus ? demanda Guido.

– Je suis en plein dedans, mais je n'arrive pas à me concentrer. Je reste là, dans ce satané placard mal foutu, là-bas, au Centre de l'urbanisme, et tout ce que je fais, c'est penser à Misty. Elle dit que je m'enferme dans mes propres barrières, ça a sûrement un sens. Elle m'a jeté un magazine dessus, sans blague. L'un de ces gros machins.

– Ça aurait pu être l'annuaire, dit Guido pour le consoler.

Le ciel s'assombrit et il se mit à pleuvoir. Vincent lisait le *Wall Street Journal* et Guido lisait le *New York Times*. Il dit à Betty Helen qu'il était sorti s'il y avait des appels.

Vincent et Guido étaient dans le bureau de Guido. Un membre du conseil d'administration était passé avec un cigare, et la fenêtre était ouverte pour aérer. Il était midi et ils mangeaient des sandwichs au pastrami.

– Holly m'a appelé ce matin, dit Guido. Elle est revenue et elle dit que nous devrions nous voir.

– Pourquoi ?

– Pour rien. Elle a juste décidé qu'on devait se voir.

Il donna une pichenette à une coupe en verre, qui tinta légèrement.

– Tu vas la voir ?

– Je vais l'emmener dîner au Lalique, là où on allait toujours, et on va s'asseoir à notre table préférée, et je vais commander du saumon fumé, un châteaubriant et des poires pochées parce que c'est ce qu'elle aime et puis je vais lui donner un sachet de ces bonbons au citron dont elle raffole, ceux de la boutique de Liberty Street, parce qu'elle est sans doute trop paresseuse pour y aller elle-même.

– Et pourquoi est-ce que tu fais tout ça ?

– Parce qu'il est temps pour moi de tout arranger. J'en ai assez d'être seul. J'en ai assez d'être célibataire et séparé. Je veux que tout recommence comme avant.

– Et si elle n'est pas d'accord ?

– Elle n'a pas le choix. Je ne peux pas continuer comme ça.

– Je retourne à mes détritus, dit Vincent tristement. Dis bonjour à Holly de ma part, tu veux ? J'aimerais bien que vous vous remettiez ensemble, tous les deux.

– Comment ça va avec Misty ?

– Je vais voir si elle veut bien condescendre à déjeuner avec moi aujourd'hui. Ma vie est vraiment minable. Parfois je crois que c'est de l'amour, et parfois je crois que c'est de la tristesse. La vie est réellement aussi compliquée qu'elle le dit. Sauf pour des gens comme Betty Helen, évidemment.

Vincent et Guido se regardèrent pendant un instant, deux jumeaux légèrement épuisés d'espoir.

Les lunettes de Betty Helen étincelèrent dans la lumière quand Vincent sortit. Il lui dit au revoir dans un murmure.

Vincent allait à l'appartement de Misty Berkowitz. Ils avaient déjeuné ensemble et elle lui avait sorti un long discours pour lui dire qu'il manquait de sentiments, qu'il n'avait aucune émotion, qu'il avait la politesse typique de tous les gens riches, et que si tout ce qu'il fallait pour le rendre heureux, c'était qu'elle soit polie envers lui en retour, il n'était qu'un crétin fini. Il avait eu l'impression de recevoir vingt magazines dans la figure. Puis il avait dit :

– Je suis désolé, Misty. Je suis comme ça parce que je ne sais pas être autrement. Il est inutile que je te dise à quel point je t'apprécie parce que tu ne me crois pas.

Il s'apprêtait à s'en aller honteusement, comme un chien blessé, mais elle le tira par la manche. Fait incroyable, elle lui souriait.

– Tu veux venir dîner chez moi ce soir ?

– Qu'est-ce que ça pourrait bien changer ? demanda-t-il d'un air malheureux.

Elle lui adressa un large sourire.

– Tu verras bien, répondit-elle en lui donnant un petit coup de pied dans la cheville.

En descendant la rue, il crut entendre un violon, suivi d'un hautbois et d'une flûte. Deux pas de plus, et il entendit un basson et un violoncelle. Il pensa un instant qu'il avait des hallucinations. Il avança, et la musique se rapprocha. Il passa devant un grand immeuble avec de larges fenêtres ouvertes. Une fille regardait dans la rue, un violon dans les mains. Derrière elle, il y avait un groupe d'hommes et de femmes qui tenaient des hautbois, des flûtes, des bassons, des clarinettes et des altos et qui s'accordaient en faisant le tour de la pièce. Les notes grinçaient les unes contre les autres. Une plaque sur l'immeuble disait : « Petite société symphonique Horton ». Quelqu'un joua un trille au piano. La fille devant la fenêtre regarda Vincent, lui sourit, prit son violon et se mit à jouer les premières mesures de la *Sonate à Kreutzer*. Il lui retourna son sourire et descendit la rue en toute hâte. Il se sentait ému et il se rendit compte avec gêne qu'il avait les larmes aux yeux.

– Betty Helen a démissionné aujourd'hui, annonça Guido. Son mari part dans l'Oklahoma pour travailler avec quelqu'un qui s'appelle Mezzrobian. Tu connais quelqu'un qui s'appelle Mezzrobian ? Apparemment, tout le monde en a entendu parler.

– Personne ne s'appelle Mezzrobian. Et personne ne voudrait épouser Betty Helen Carnhoops. Je suis sûr qu'elle n'a pas de mari.

– De toute façon, elle est partie. Elle devait faire les cartons pour les déménageurs. Maintenant il va falloir tout recommencer. Et j'imagine que tu vas me harceler avec Miss Berkowitz.

– Pas du tout, répondit Vincent avec enthousiasme. Elle dit qu'elle va rester au Centre de l'urbanisme et voir où cela nous mène.

– Qu'est-ce que ça veut dire ?

– Ça veut dire comment ça va évoluer entre nous.

– Les femmes sont vraiment étranges, dit Guido. Même si elles font ce qu'on veut qu'elles fassent, pas moyen de les comprendre.

– Comment va Holly ?

– Elle nous cherche un nouvel appartement. Elle dit que l'ancien est rempli de mauvaises vibrations et que nous devrions repartir de zéro.

– Ta vie redevient normale.

– Tout redevient normal. Tu crois que tu pourrais écrire un poème sur les détritus ? Il me reste une page.

Vincent avait une liasse de papiers sur les genoux.

– Il faut que je rende ce truc à *Urbanisme et Modernité* pour vendredi.

Sur le bureau, les coupes en verre scintillaient. Personne ne décrochait le téléphone à la première sonnerie. Personne ne tapait à la machine derrière le palmier en pot. L'agence Magna Carta, qui appartenait à la fondation et qui plaçait des demandeurs d'emploi dans des organismes à but non lucratif, devait envoyer des jeunes filles le lendemain pour un entretien.

Guido corrigeait des épreuves. Vincent relisait son étude sur les détritus. Ils travaillèrent en silence pendant deux heures. Puis, ils se levèrent tous deux. Vincent devait déjeuner avec Misty Berkowitz, et Guido devait retrouver Holly pour visiter un appartement. Pendant quelques minutes, ils arpentèrent le bureau calme. Maintenant que tout était redevenu normal, ils avaient tous les deux une sensation de vertige, d'étrangeté, comme des danseurs qui viennent de terminer un long ballet.

Immersion

Lucy était une nageuse-née : tout bébé déjà, elle allait dans l'eau, et, à l'âge de trois ans, elle nageait sans brassards. À cinq ans, elle nageait sous l'eau sans problème et elle commença à plonger à six ans.

Sa famille vivait à Saint Paul et passait l'été dans une maison entourée de cèdres et de galets à Stone Boy Lake. Une série de marches menait de la maison à l'eau. Le lac était long d'un kilomètre et demi, bordé de sapins plantés drus et couverts de mousse, et ombragé par des collines arborées. L'obscurité était digne d'un roman gothique, sauf à midi quand le soleil perçait l'eau comme le rayon d'un projecteur. L'endroit était si tranquille que si l'on nageait très tôt le matin, on n'entendait que le bruit de ses propres mouvements. À Stone Boy Lake, on se rendait chez ses amis à la nage et Lucy avait l'habitude de nager plusieurs kilomètres par jour. Les estivants laissaient des serviettes sur leur pont privé pour les visiteurs.

L'hiver, Lucy nageait dans le bassin de la Mallard Academy à Saint Paul. Dans l'Est, à l'université, elle traversa les saisons, les examens, les aventures sentimentales en nageant. Elle était dans l'eau le matin du jour où elle épousa Carl Wilmott, avec un foulard autour de la tête pour ne pas abîmer sa coiffure.

Carl et Lucy s'étaient rencontrés à Boston et se marièrent trois ans plus tard dans la maison d'été à Stone Boy Lake. Ils habitaient dans un appartement clair et peu meublé à Cambridge. Les parquets étaient légèrement vernis et les meubles étaient si délicats et si modernes qu'on avait l'impression qu'ils traverseraient la pièce si on les poussait. Lucy travaillait pour la revue juridique et Carl avait un poste d'assistant dans le département d'histoire, mais quand on lui proposa un poste de titulaire à Chicago, ils décidèrent d'accepter, firent leurs cartons et étaient prêts à déménager en une semaine. Ils n'avaient ni l'un ni l'autre de goût pour les bagages lourds ou les objets personnels. Ils aimaient ce qui se transporte facilement. Leurs seules décorations étaient une tapisserie péruvienne, deux couvertures des Appalaches, une aquarelle représentant le parc de Boston Common dans les années 1880 et un phoque en stéatite taillé par des Eskimos. Trois jours après le Nouvel An, ils s'envolèrent pour Chicago et, le lendemain, ils étaient installés.

Lucy était mince et de taille moyenne. Elle avait un petit visage taillé au burin, comme si ses traits provenaient d'un grand monument à peine ébauché et réduit à l'échelle humaine. Quand elle souriait, ses yeux disparaissaient presque derrière ses pommettes et sa peau était d'une pâleur si translucide qu'on pouvait voir les veines dessous.

Carl, qui était grand et avait le teint mat, était souvent frappé par l'impression de fragilité qu'elle dégageait et il était constamment surpris de sa résistance. Il jouait au handball et au squash (il aimait les sports où l'on transpire en fournissant un effort violent), et il regardait avec stupéfaction sa frêle épouse sauter du haut d'un rocher pour plonger dans un lac de montagne si froid que tout son corps protestait s'il y trempait ne serait-ce qu'un pied. Elle courait se jeter dans l'océan dans le Maine au mois d'octobre, tandis qu'il l'attendait sur la plage en frissonnant malgré ses deux pulls. Il la regardait descendre des chutes d'eau dans le Vermont, les cheveux mêlés d'eau blanche.

Le premier jour qu'ils passèrent à Chicago, Carl alla à une réunion des enseignants tandis que Lucy déballait les deux derniers cartons avant d'appeler le service d'information de l'université pour savoir où elle pourrait aller nager. Elle apprit qu'il y avait une piscine à McWerter Hall, à neuf pâtés de maisons de chez elle.

La température était bien en dessous de zéro. Elle sentait le froid traverser ses bottes. Cela faisait dix ans qu'elle n'avait plus vécu dans un climat pareil, et son corps n'y était plus habitué. L'intérieur de son nez était dur. Quand elle arriva à McWerter Hall, ses pieds étaient comme des pierres.

Le gardien lui indiqua le vestiaire des femmes, où elle remplit des formulaires pour obtenir un badge d'entrée et où elle reçut une carte temporaire estampillée « nouveau membre du personnel ». La piscine était déserte, mis à part deux jeunes filles qui, assises sur le bord, le maillot sec, laissaient pendre leurs pieds dans l'eau. On entendait le murmure et l'écho de leurs voix. Quand elles rirent, ce fut comme une détonation lointaine.

Lucy sauta du grand plongeoir et fit une longueur sous l'eau. Quand elle remonta à la surface, elle était seule, et elle nagea seule pendant deux heures. Dans le vestiaire, elle peigna ses cheveux humides devant le miroir embué, et, malgré le chapeau et l'écharpe, sa frange avait gelé quand elle arriva chez elle.

En février, il neigea, puis le temps devint plus froid. Les camions de charbon déposaient leur chargement dans la rue et noircissaient la neige. Les enfants qui rentraient de l'école patinaient sur des bosses couleur encre qui se formaient au milieu de la rue. Ils jouaient la tête baissée et ils marchaient à reculons contre le vent. Les gens se croisaient avec les larmes aux yeux. Quand le vent s'apaisait, ils écartaient les larmes d'un revers de la manche, comme s'ils souffraient d'un chagrin secret.

Carl détestait le froid, mais Lucy et lui aimaient Chicago. Leur nouvel appartement ressemblait beaucoup à celui qu'ils avaient à Cambridge : il était clair et sommairement meublé. Ils commençaient à avoir une vie sociale autour d'un petit groupe de gens qu'ils avaient connus à l'université. Carl se faisait des amis dans le département et Lucy, qui cherchait un emploi, explorait le voisinage.

Après son cours de deux heures, Carl prenait souvent un café avec Johnny Esterhazy avec qui il était allé au lycée et à la fac. Ils venaient tous les deux de New York et le froid les épuisait.

– J'ai vu Lucy dans la rue hier, dit Johnny. Je croyais que j'allais perdre mes doigts à cause des engelures, mais elle paraissait toute printanière.

– Elle a tout de l'ours polaire, répondit Carl. Elle a grandi à Saint Paul, qui, à mon avis, se trouve au-delà du cercle arctique.

– En tout cas, je l'admire. Sa frange était gelée.

– Tu l'admires parce que sa frange était gelée ?

– Ce que je veux dire, c'est qu'il faut un réel courage pour aller nager par ce temps. Il faut du courage rien que pour marcher par ce temps. Je lui ai dit que je pensais qu'elle était folle, mais elle a répondu qu'elle allait à la piscine presque tous les jours depuis que vous êtes arrivés.

Carl but son café en silence et regarda passer un groupe de filles, tellement emmitouflées dans leurs couches de vêtements qu'elles pouvaient à peine marcher. Il savait que Lucy adorait nager : elle nageait tout l'été, mais il fut surpris d'apprendre qu'elle nageait aussi l'hiver. Le fait qu'elle soit allée nager tous les jours depuis qu'ils étaient arrivés à Chicago et qu'elle n'en avait jamais parlé le laissait sans voix. Il n'avait aucune idée de l'endroit où se trouvait la piscine de l'université, et il pensa le demander à Johnny, mais il lui sembla qu'en posant la question il ferait l'aveu d'une ignorance terrible. Comment pouvait-il ne pas savoir un fait aussi élémentaire sur sa propre femme ?

En rentrant chez lui, il décida de provoquer une confrontation, mais il ne parvint pas à trouver une question qui ne ressemble pas à une mise en accusation ou à une plainte, et il n'arrivait pas à s'expliquer exactement pourquoi il souffrait. Était-ce parce qu'elle allait nager ou parce qu'elle ne lui en parlait pas ? Lucy nageait depuis toujours : c'était pour elle une chose parfaitement naturelle, mais il en souffrait quand même.

Elle était dans la cuisine quand il arriva. Ses cheveux n'étaient pas mouillés et ne sentaient pas le chlore. Son visage était serein quand elle l'embrassa, comme il l'était toujours. Ils passèrent à table pour savourer un bon dîner copieux, après quoi ils s'installèrent sur le canapé pour lire. Une vie tout à fait normale. À minuit, ils bâillèrent et allèrent se coucher dans les bras l'un de l'autre.

En mars, le froid commença à diminuer et la glace noire se mit à fondre en formant des mares profondes et boueuses. Quand il neigeait, la neige était fine et légère. Puis il tomba de la neige fondue, qui fit place à la pluie en avril. De petits bourgeons verts commencèrent à apparaître sur les haies rabougries.

Enfin le printemps arriva, clair et froid. Lucy alla à pied jusqu'au lac Michigan. L'herbe du parc était marron et brûlée, et le sentier était aussi humide qu'un ruisseau. Des nuages de brume enveloppaient le musée des Sciences et de l'Industrie. Elle traversa le pont qui enjambe l'autoroute et rejoignit les rochers au bord du lac. Sous son jean, son pull et son manteau, elle portait un maillot de bain, et il y avait une serviette dans sa besace. Johnny Esterhazy lui avait dit que le lac Michigan était pollué, mais il était assez limpide pour qu'elle puisse voir les rochers sous l'eau et les bouquets d'algues qui se balançaient à côté d'eux.

Il était peut-être pollué, mais il n'y avait pas de chlore. Elle se mit en maillot de bain et le vent la frappa comme un coup de poing.

L'endroit était désert. Elle grimpa de rocher en rocher jusqu'à ce qu'elle ait de l'eau jusqu'aux genoux, puis elle sauta.

Au cours du dîner, Lucy et Carl évoquèrent le tour agréable et normal que prenait leur vie. Johnny Esterhazy venait dîner vendredi avec sa fiancée. Le directeur du département d'histoire les avait invités à un cocktail. Lucy avait un entretien à la bibliothèque de droit. Ted et Ellie Lifter, couple de sociologues qui vivaient à l'étage du dessous, les avaient conviés à venir prendre le dessert et le café.

Ils parlèrent de leurs journées respectives et se demandèrent s'ils allaient prendre des fauteuils à l'orchestre ou une loge pour le symphonique de Chicago. Mais Lucy ne mentionna pas qu'elle était allée nager, et Carl savait que d'une certaine façon il avait réagi de façon excessive. Pour Lucy, nager était comme respirer et allait-elle lui raconter qu'elle avait respiré toute la journée ?

Quand il la regarda de l'autre côté de la table, avec ses cheveux blond pâle, ses yeux pâles, et la veine qui courait sur son front, il chercha un signe de duplicité, mais il n'y avait rien que de la franchise et de l'affection. Il regarda ses yeux qui le fixaient sans cligner et essaya de voir si elle était capable de tromperie, mais son visage n'était qu'amour, candeur et sincérité.

La nuit, ses longues cuisses étaient fraîches et l'intérieur de ses bras était froid. Quand elle dormait, Carl pensait qu'elle avait l'air extrêmement fragile, et qu'elle était en fait extrêmement forte. Dans son esprit ensommeillé, il assimila cela à un mensonge. De temps en temps, il avait l'impression accablante qu'elle le tenait à l'écart de toute une partie de sa vie, puis tout à coup il trouvait cela normal. S'il lui posait la question, elle lui adresserait son sourire qui faisait presque disparaître ses yeux et elle lui dirait que, bien sûr, elle allait nager tous les jours. Mais il ne posait aucune question ; il en était incapable. Il ne pouvait pas supporter de penser que ce qui était pour elle une seconde nature était pour lui quelque chose de nouveau. Il oscillait entre panique et calme. Si elle nageait tous les jours à Chicago, cela voulait dire qu'elle avait fait la même chose à Cambridge. Tout ce temps-là, et elle n'en avait jamais parlé ; elle avait simplement arrangé une partie de sa vie où il n'avait aucune part, et, là, elle allait nager.

L'été, ils allaient chez ses parents à lui dans le Maine, ou chez les siens à elle à Stone Boy Lake, et ils nageaient ensemble. Mais d'habitude ils étaient séparés pour la plus grosse partie de la journée, et elle y consacrait plusieurs heures en secret. Cela lui semblait si délibéré, si dissimulé, si organisé que son cœur se brisait quand il y pensait. Mais peut-être qu'il ne regardait pas cela sous le bon angle. Ils étaient ensemble depuis cinq ans et il savait que, pour elle, son amour de la natation était quelque chose qu'il devait considérer comme naturel, mais, la nuit, il avait l'impression que c'était du sabotage.

Un jour où tombait un orage violent, il la vit passer depuis la fenêtre de son bureau. Sous un grand parapluie, elle se dirigeait vers le McWerter Hall, et il la suivit. Il alla s'installer dans les gradins, puis attendit qu'elle franchisse une porte et rejoigne le bord de la piscine. Son manteau était recouvert d'un vernis humide ; il transpirait sous son col. Les racines de ses cheveux étaient humides. À travers la buée et la vapeur, il vit sa femme sur le petit plongeoir. Elle plongea dans l'eau comme un oiseau et il la vit avancer jusqu'au petit bain dans une traînée blanche. Il avait envie de l'appeler, mais il se retint ; comme elle ne levait jamais les yeux, elle ne le vit pas. Elle rejeta ses cheveux en arrière pour dégager ses yeux, et il vit qu'ils étaient légèrement rougis par le chlore.

Sa gorge se serra quand il la regarda longer toute la piscine en laissant de délicates empreintes de pied sur les carreaux. Elle se tint debout un instant sur le grand plongeoir, et quand elle entra dans l'eau, il eut l'impression que son cœur était découpé en tranches.

Elle fit un saut de l'ange, puis un saut carpé. Étouffant dans son manteau en tweed, il la regarda faire dix longueurs d'un crawl élégant et rapide. Puis elle remonta sur le grand plongeoir, dans l'encadrement d'une fenêtre qui faisait la largeur de la salle. Le ciel avait la couleur de l'encre délavée. Ses vêtements le gênaient, et il aurait aimé les enlever et plonger avec elle. Mais cela aurait été une trahison. Au lieu de cela, il la regarda faire un plongeon renversé droit et il sortit par une porte latérale pendant qu'elle était sous l'eau.

Après le dîner, il était tellement désespéré qu'il dit brusquement : « Je veux aller nager avec toi demain. »

Lucy sourit et ses yeux disparurent derrière ses pommettes. C'était un vrai sourire, franc et ouvert.

– Bien sûr, répondit-elle. Ce serait sympa. J'y vais vers trois heures et demie. Ça te va ?

– C'est parfait.

Fin de la conversation. Le charme était rompu. Ils allaient nager ensemble et tout était parfait. Quand ils eurent terminé de faire la vaisselle, Lucy s'installa en boule sur le canapé avec un livre et Carl sortit la poubelle. Quand une rafale de vent le heurta soudain, il s'appuya contre la rambarde et, à son grand étonnement, se mit à pleurer.

Il arriva à la piscine à trois heures vingt et elle faisait déjà des longueurs. La fenêtre laissait passer une lumière aveuglante et sinistre. Quand elle sortait la tête de l'eau sur le côté pour respirer en nageant le crawl avec des mouvements lents et réfléchis, elle avait les yeux d'un albinos.

Carl joua dans l'eau : il plongea plusieurs fois peu profondément, il fit le poirier dans le petit bain. Il fit un saut carpé depuis le petit plongeoir, et Lucy et lui nagèrent quatre longueurs de brasse coulée. Puis ils plongèrent chacun à une extrémité opposée de la piscine, se rejoignirent au milieu et s'embrassèrent sous l'eau. Ils firent la planche en se tenant la main. Carl finit par sortir. Il s'assit sur le bord et la regarda. Elle ne nageait pas pour le plaisir, ou pour l'exercice, ou par habitude. Elle n'avait jamais fait partie d'un club, pas même au lycée. C'était comme l'air pour elle : elle était amphibie.

Elle sortit de l'eau et s'assit à côté de lui. Elle avait de longs pieds affûtés comme des lames.

– Ça fait du bien, dit-il.

– Elle est plutôt sympa, cette piscine.

– Si jamais un jour la température remonte, on pourrait aller nager dans le lac Michigan.

– Excellente idée. C'est merveilleux dans le lac. J'y étais il y a deux semaines.

Le charme qui avait été rompu se reforma aussitôt. Deux semaines auparavant, c'était encore l'hiver. Elle était allée nager en extérieur ; c'était quelque chose d'inhabituel, quelque chose qu'elle aurait pu mentionner, mais elle avait jugé préférable de ne rien lui dire. Des gouttes coulaient de sa frange sur son nez et le long de ses joues. Il fixa ses pieds et ceux de sa femme, deux paires de pieds séparées qui dégageaient une lumière inquiétante dans l'eau bleue.

La température remonta et l'air printanier était doux. Des cavaliers apparurent sur les sentiers de Jackson Park. Le sol était transpercé de brins d'herbe.

Carl marchait dans le parc sous un petit pont de pierre, à l'écoute de la circulation qui passait au-dessus de lui. Il suivit les méandres d'un sentier goudronné jusqu'à ce qu'il arrive aux rochers qui bordaient le lac. Le soleil se couchait et quand les lumières du parc s'allumèrent, des halos de brume se formèrent autour d'elles. Il descendit les marches de pierre qui menaient au lac et s'assit au bord de l'eau. Il venait directement du bureau, et portait toujours sa veste et sa cravate. Peut-être Lucy était-elle à la maison, ou bien peut-être était-elle en train de nager à l'autre bout du parc pendant qu'il était assis là. Il regarda dans l'eau profonde où elle s'était baignée et vit des algues se balancer doucement avec le courant. Il enleva une chaussure et une chaussette, et trempa les orteils dans l'eau. Elle était d'un froid glacial. Il s'allongea sur les rochers et regarda descendre le soleil.

Il faisait nuit quand il rentra chez lui. Lucy avait laissé un message disant qu'elle était sortie faire quelques courses en urgence. Il avait l'impression que ses os étaient légers ; il fit une sieste sur le canapé avec les fenêtres grandes ouvertes, et il rêva qu'il avait de la fièvre. Il fut éveillé par la main fraîche de Lucy sur son front. De l'autre main, elle tenait un verre à whisky rempli d'eau.

« Regarde, dit-elle. Des escargots. » Au fond du verre, il y avait des petits cailloux recouverts de mousse. Deux escargots étaient accrochés aux cailloux, quatre autres aux parois du verre. Ils paraissaient plus grands dans l'eau, et, quand il en sortit un, celui-ci était gris et tout petit dans sa main.

« Je les ai pris aujourd'hui, dit-elle. Ils sont partout sur les rochers. Je suis allée nager avec un tuba. »

Ils dînèrent tranquillement, lurent les journaux et écoutèrent le concerto pour clarinette de Mozart. Toutes les fenêtres étaient ouvertes et la douceur de l'air entrait chez eux.

Tard le soir, il faisait frais dans la chambre. Lucy dormait sans un bruit, mais Carl était éveillé. Il avait le bras autour d'elle et il posa la joue près de ses cheveux humides. Comme toujours, les flancs de Lucy étaient froids, comme si sous la peau les os étaient froids. Il la regardait dormir et savait que même si elle était dans ses bras, ses rêves restaient à elle seule. Il embrassa le haut de sa tête, nichant son menton dans ses cheveux qui dégageaient une odeur de brûlé légère et entêtante : elle séchait. Une boucle fraîche tomba sur le poignet de Carl et il se rapprocha d'elle. Dans quelques semaines, il ferait assez chaud pour qu'ils aillent se baigner ensemble. Puis ce serait l'été. Ils iraient à Stone Boy Lake et ils nageraient encore. Il avait l'impression de s'être tant bien que mal adapté à la situation. Ce qui lui avait fait de la peine n'était au fond qu'un simple fait : chaque jour de sa vie, Lucy serait humide, puis elle sécherait, et puis, pendant un bon moment, elle serait dans l'eau.

Mr Parker

En octobre, Mrs Parker mourut soudainement. Mr Parker et elle habitaient une maison victorienne voisine de la nôtre et Mr Parker était mon professeur de piano. Il allait tous les jours à Wall Street, où il était analyste financier, mais il avait étudié le piano à Juilliard et donnait quelques cours ; pour le plaisir, pas pour l'argent. Comme élèves, il n'avait que moi et l'organiste de l'église, qui travaillait sa technique sur un clavecin à deux claviers que Mr Parker avait construit, un printemps.

Mrs Parker était célèbre pour ses pâtisseries ; elle avait noué des liens d'amitié avec ma mère. Tous les deux mois environ, elles passaient une journée ensemble, en cuisine, à faire des biscuits et des choux à la crème, ou à rouler de la pâte à strudel. Mrs Parker était très mince et réalisait ses gâteaux avec une adresse incroyable. Dans sa jeunesse, elle avait eu des cheveux d'un roux flamboyant qui avaient pris la teinte des vieilles feuilles. Il y avait chez elle quelque chose de brumeux, d'automnal : elle portait des pulls couleur rouille et des jupes couleur bruyère, et elle conservait des plantes séchées dans des pots et des fleurs pressées dans des cadres. Si on lui empruntait un livre, il y avait des pétales incrustés dans les dernières pages. Elle était grande, mais son dos était voûté comme si elle avait passé sa vie à chercher quelque chose qu'elle aurait laissé tomber.

Sa mort fut qualifiée de « tragique ». Mr Parker et elle étaient d'un âge moyen et ils n'avaient jamais, ni l'un ni l'autre, été gravement malades. Elle avait eu une attaque cardiaque totalement imprévue. Mes parents allèrent voir Mr Parker dès qu'ils eurent appris la nouvelle, puisqu'ils prenaient au sérieux leurs responsabilités de voisins et, deux jours plus tard, ils m'emmenèrent présenter officiellement nos condoléances. C'était l'été indien et la maison donnait une impression de renfermé. Ils avaient utilisé la cheminée au cours d'une récente vague de froid et le salon dégageait une légère odeur de cendres. Les seules personnes de la communauté étaient quelques voisins, le pasteur et sa femme, et le rabbin, sa femme et son fils. Les Parker étaient épiscopaliens, mais Mr Parker jouait de l'orgue à la synagogue le samedi matin et pour Yom Kippour. Il y avait une grande fontaine à thé et le dernier strudel de Mrs Parker. Sur le canapé étaient assises les sœurs de Mrs Parker, et un homme, qui ressemblait à Mr Parker avec dix ans de moins, s'appuyait contre le piano, qui était fermé. La conversation se faisait dans un murmure gêné. En sortant, le fils du rabbin tenta de me faire trébucher et je lui donnai un coup de pied en retour. Nous étions des adolescents amoureux et donc ennemis, et, puisque nous ne savions pas quoi faire d'autre, nous exprimions notre amour en nous giflant, en nous pinçant et en essayant vaguement de nous faire mal mutuellement.

J'adorais la maison des Parker. C'était la dernière maison victorienne du quartier et elle avait la forme d'une pièce montée. Le salon était rond et tous les murs étaient incurvés. Le deuxième étage était une tour en haut de laquelle trônait une girouette. Tous les cinq ans, la maison était peinte en marron chocolat, qui pâlissait progressivement jusqu'à prendre la couleur du thé léger. Dans l'entrée, la fenêtre qui donnait sur la rue était un vitrail représentant un gros bébé victorien tenant un bouquet de roses. Il avait un visage bouffi et asexué, et ses yeux étaient ceux d'un vieil homme surpris. Sa robe blanche devenait laiteuse quand la lumière brillait à travers.

Le mercredi après-midi, Mr Parker rentrait plus tôt chez lui et je prenais mon cours. La méthode de Mr Parker était immuable. Il ne me grondait ni ne me corrigeait jamais. Le premier quart d'heure était consacré à un échauffement au cours duquel je pouvais jouer tout ce dont j'avais envie. Puis Mr Parker jouait la leçon de la semaine. Il jouait de façon terriblement précise, mais son regard se perdait dans le vague. Puis je jouais la même leçon et ensuite nous travaillions les passages difficiles, mais au fond il voulait que je prenne conscience de mes erreurs. Quand nous commencions un nouveau morceau, nous le jouions une partie après l'autre, à tour de rôle, encore et encore. Après cela, nous allions dans le solarium où nous discutions de la leçon de la semaine prochaine. Mr Parker passait souvent un disque et parlait longuement du compositeur, de sa vie, de son époque et de la forme musicale. À l'exception de Mozart et de Schubert, il aimait presque exclusivement la musique baroque. La leçon de la semaine était toujours de Bach, qui selon Mr Parker était un maître d'élégance et de précision. Mrs Parker nous laissait un plateau avec des biscuits et de la citronnade, froide en été et chaude en hiver, et des bâtonnets de cannelle. Quand il n'y avait plus de biscuits, le cours était terminé et je m'en allais en passant devant l'enfant victorien dans l'entrée.

Les jours qui suivirent l'enterrement, ma mère apporta plusieurs repas à Mr Parker et l'invita à dîner un certain nombre de fois. Pendant quelques semaines, il navigua entre nous, le pasteur et le rabbin. Puisque aucun de mes parents ne s'intéressait particulièrement à la musique, sauf quand on louait devant eux ma façon de jouer, la conversation à table se réduisait aux nouvelles de la Bourse et aux bienfaits de la vie rurale.

Peu de temps après, je reçus un mot de Mr Parker inclus dans un message de remerciement pour mes parents. Il disait que les cours de piano recommenceraient le mercredi suivant.

J'allai chez les Parker après l'école. Rien n'avait changé. Je m'échauffai pendant un quart d'heure. Mr Parker joua la leçon, puis je la répétai. Dans le solarium, il y avait les biscuits et la citronnade habituels.

– Ils sont bons, ces biscuits ? demanda Mr Parker.

Je lui répondis que oui.

– Je les ai faits hier, ajouta-t-il. Il faut bien que je fasse mes propres gâteaux à présent.

Les cheveux de Mr Parker avaient été blonds, mais ils grisonnaient et prenaient une couleur paille. On avait l'impression que Mrs Parker et lui avaient été autrefois des créatures lumineuses qui se seraient ternies avec le temps. Il était très mince, comme s'il avait brûlé toutes ses particules inutiles en se frottant à la vie, mais il était calme et sympathique comme le sont souvent les gens grassouillets. Quand il donnait ses cours, il portait toujours un gilet bleu, entièrement boutonné, et une cravate à rayures, qui dégageaient tous deux une légère odeur de tabac. À la fin, il me donna un œuf de rouge-gorge qu'il avait trouvé. Quand je partis, la lumière dansait dans le bouquet de roses du vitrail.

En rentrant chez moi, je trouvai ma mère dans la cuisine. Elle m'attendait, furieuse.

– Où étais-tu passée ? demanda-t-elle.

– À mon cours de piano.

– Quel cours de piano ?

– Tu sais bien. Chez Mr Parker.

– Tu ne m'as pas dit que tu avais un cours de piano.

– J'ai toujours piano le mercredi.

– Je ne veux plus que tu y ailles, maintenant que Mrs Parker n'est plus là.

Elle jeta un rosbif dans une poêle.

J'allai dans ma chambre en tapant du pied et j'enveloppai l'œuf dans une chaussette de sport. Je sentais une grosse boule chaude dans ma gorge.

À table, ma mère dit à mon père :

– Je ne veux plus que Jane aille prendre des cours de piano avec Mr Parker maintenant que Mrs Parker n'est plus là.

– Et pourquoi ça ? dis-je, criant presque. Il n'y a pas de raison.

– Elle peut étudier avec Mrs Murchison.

J'avais commencé le piano avec Mrs Murchison. C'était une grosse femme myope qui sentait la graisse de bacon et dont le répertoire se limitait à *La Méthode rose*. La plupart de ses élèves avaient moins de dix ans, et elle possédait un chow-chow asthmatique qui vomissait régulièrement sur le tapis.

– Je ne retournerai pas chez Mrs Murchison ! criai-je. Je suis trop grande pour elle.

– Allons, soyons raisonnables, dit mon père. Calme-toi, Jane.

J'enfonçai ma fourchette dans une pomme de terre pour m'empêcher de pleurer et je marmonnai d'un ton mélodramatique que je préférerais me pendre plutôt que de retourner chez Mrs Murchison.

Les cours continuèrent. Le soir, je répétais doucement et de temps en temps ma mère levait les yeux et disait : « Très joli, ma chérie. » Mr Parker m'avait donné une *Invention à trois voix* et j'y travaillais comme si c'était du granit. C'était le morceau le plus complexe que j'eusse jamais joué et je l'appris avec un sentiment de perte ; puisque je ne savais pas quand le couperet allait tomber, je pensais que c'était peut-être le dernier morceau que j'apprendrais de Mr Parker.

Les cours se poursuivaient sans commentaires, mais quand je rentrais à la maison le mercredi, nous

nous regardions, ma mère et moi, avec froideur et hostilité. Mr Parker acheta un chaton nommé Mildred pour lui tenir compagnie. Quand nous prenions nos biscuits et notre citronnade, Mildred avait droit à une soucoupe de lait.

Le soir, j'étais interrogée par ma mère pendant que nous lavions la vaisselle. J'étais déroutée par l'intérêt soudain qu'elle éprouvait pour le déroulement de ma journée. De façon systématique, elle commençait avec mes cours de la matinée et terminait avec ceux de l'après-midi. Sous son regard scrutateur, tout semblait aller de travers. Puis elle demanda, d'une voix particulièrement douce :

– Et comment va Mr Parker, ma chérie ?

– Bien.

– Et comment vont les cours ?

– Bien.

– Et comment est la maison maintenant que Mrs Parker n'est plus là ?

– Pareille. Mr Parker a acheté un chaton.

En disant cela, je sus que je commettais une trahison.

– Quelle sorte de chaton ?

– Un qui a le poil un peu rose.

– Comment s'appelle-t-il ?

– Il n'a pas de nom, répondis-je.

Un soir, elle demanda :

– Est-ce que Mr Parker boit ?

– De la citronnade.

– Je posais juste la question parce que ça doit être très dur pour lui, dit-elle d'un ton offensé. Il doit être très triste.

– Il ne m'a pas l'air si triste que ça.

Ce n'était pas la chose à dire.

– Je vois, dit-elle en pliant le torchon avec minutie. Tu sais ce que j'en pense, Jane. Je ne veux pas que tu restes seule dans la maison avec lui.

– Mais c'est seulement mon prof de piano !

Je fondis brusquement en larmes, si bien que je sortis de la cuisine en courant pour monter dans ma chambre.

Elle me suivit et s'assit sur le bord du lit pendant qu'à mon bureau, je pleurais secrètement sur le buvard.

– Je veux juste que tu sois heureuse, dit-elle.

– Si c'est mon bonheur que tu veux, pourquoi est-ce que tu refuses que je prenne des cours de piano ?

– Je suis d'accord pour que tu prennes des cours de piano, mais tu grandis et il n'est pas bon que tu restes seule dans une maison avec un veuf.

– Tu es complètement folle.

– Je crois que tu ne comprends pas ce que j'essaie de te dire. Tu n'es plus une petite fille, Jane. L'enfance a ses privilèges, l'âge adulte aussi, et toi tu es entre les deux. C'est difficile, je sais.

– Tu ne sais rien du tout. Tu veux juste m'empêcher de prendre des cours de piano.

Elle se leva.

– J'essaie de te protéger, dit-elle. Et si Mr Parker te touchait ? Qu'est-ce que tu ferais ?

Elle donnait une résonance sinistre au mot « toucher ».

– Tu es méchante, c'est tout, répondis-je, pleurant ouvertement à présent.

Tout se serait arrangé si je m'étais jetée dans ses bras, mais cela aurait voulu dire que je reconnaissais ma défaite, et nous étions en guerre.

– Nous en reparlerons une autre fois, dit-elle.

Elle était elle-même au bord des larmes.

Je travaillais à mon *Invention* jusqu'à ce que mes mains tremblent. S'il n'y avait personne quand je rentrais à la maison, je répétais dans une panique totale, et finalement ce fut presque au point. Le mercredi, j'allai chez Mr Parker. Dans l'embrasure de la porte, je m'attendais à trouver quelque chose de différent, mais tout était comme d'habitude. Il y avait des biscuits et de la citronnade dans le solarium. Mildred fit la sieste sur mon manteau. Mon quart d'heure d'échauffement fut atroce : je commis des erreurs dans les parties faciles, sur des choses que je connaissais par cœur. Puis Mr Parker joua la leçon de la semaine et j'essayai de mémoriser exactement son phrasé. Avant que mon tour ne vienne, Mr Parker posa le métronome par terre et nous regardâmes Mildred tenter d'attraper son balancier.

Je jouai, et je sus que c'était bien ; il s'agissait de musique et non d'une leçon apprise péniblement.

Quand j'eus terminé, Mr Parker me prit par les épaules. « C'est parfait ! Vraiment parfait ! dit-il. Un gros progrès. C'est dans ces moments-là qu'on est heureux d'enseigner. »

Nous prîmes notre citronnade et nos biscuits, et nous écoutâmes des motets de Palestrina. Quand je partis, le ciel était couvert et la lumière était d'un vert trouble.

Je rentrai lentement à la maison, partagée également entre la crainte et la joie. J'avais joué comme une adulte, j'avais été félicitée comme une adulte, mais c'était la fin de quelque chose. Je m'assis sous un arbre et je pleurai comme un bébé. En fin de compte, il m'avait touchée.

Le pèlerin solitaire

Il m'arrive souvent de séjourner dans différentes familles ; je suis sociable, toujours de bonne humeur, je m'entends bien avec les enfants, et, le plus important, je m'adapte exactement au rythme de chaque vie de famille. Je m'y fonds parfaitement sans perdre ma personnalité. Un bon invité est comme un professionnel du spectacle : Judy Garland, Alfred Hitchcock, Noël Coward. On sait ce qu'apprécie un certain type de public ; dans mon cas, des groupes de deux avec enfant(s).

Par exemple, Paul et Vera Martin et leurs enfants, Ben et Violet. Paul et Vera sont avocats. Paul passe les dimanches de pluie à pêcher, et bien que Vera soit bonne cuisinière, elle n'aime pas nettoyer le poisson, donc c'est à moi qu'est confié le couteau du grand-père de Paul. Je fais le travail méticuleux d'un chirurgien. Vera, qui aime la précision, a été tellement impressionnée par ma première intervention qu'elle m'a autorisée à utiliser sa cuisine et, depuis, nous cuisinons ensemble. Je savais instinctivement où elle rangeait ses casseroles, ses plats, ses saladiers, son argenterie. Si on s'intéresse aux gens, on s'intéresse aussi à la façon dont ils organisent leur intérieur. Voilà la façon dont j'étudie le comportement humain.

Dans le Maine, je suis invitée chez Christopher et Jean Goodison et leur petit garçon, Jean-Luc. Les Goodison ont une notion de l'ordre un peu fantaisiste, mais je maîtrise totalement leur façon de vivre. Je m'entends à merveille avec leur bébé. Nous avons eu quelques grands moments ensemble : une tempête de grêle qu'il a observée depuis mes genoux ; une leçon de quatre pattes ; un après-midi avec un chaton. J'ai compris que la meilleure façon d'approcher les bébés, c'est de ne rien faire. Ne jamais aller vers eux. Agir comme on le fait d'habitude. Les toucher au minimum et ne jamais essayer de gagner leur affection. Vous pouvez rester assis sur un canapé avec un petit enfant sans rien faire d'autre que lui attraper le pied de temps en temps, et avant longtemps vous aurez cet enfant sur les genoux.

Les Goodison me laissent Jean-Luc quand ils vont faire des courses, bien que d'habitude (c'est-à-dire avec le commun des mortels) ils soient très protecteurs avec leur fils. Quand ils reviennent, je les surprends en leur offrant une génoise fourrée à la vanille. Toute seule dans leur maison, j'admire leur grande table en bois, les cuillères au dos orné que je trouve mélangées aux spatules, les bouquets de fleurs séchées dans les pichets de poterie mordorée.

Et il y en a d'autres : les Hartwell, à Boston, qui vivent dans un appartement spartiate décoré de plans d'urbanisme. Les rigoureux Mazzina, qui m'emmènent camper. Les Jerrick, qui se changent pour dîner et m'apportent le petit déjeuner au lit le dimanche matin : du café, du pain grillé et un petit vase avec une seule fleur. Mes amis admirent mon charme, ma sagacité, ma dignité, et mon incroyable capacité à m'adapter à la vie quotidienne des autres tout en restant moi-même.

L'étiquette scotchée sur ma boîte aux lettres indique « P. Rice », c'est-à-dire Paula Rice, connue sous le nom de Polly. Je suis cette charmante illustratrice. C'est moi qui ai dessiné les illustrations de *Hector le héros*, *Le cochon qui disait croc*, *Le Poisson à plumes*, *Blanche-Neige et Rose-Rouge*, et *Les Papiers sans importance*, tous des livres pour enfants. Un mètre soixante-trois, cheveux auburn, yeux marron, longues jambes. J'ai étudié la littérature médiévale française à la fac, mais je gardais toujours avec moi un carnet de croquis. Pendant l'été, j'étudiais la calligraphie, la fabrication du papier et la reliure, et j'ai travaillé comme apprentie aux presses Lafayette, qui impriment des ouvrages d'art. Je gagne ma vie en illustrant des livres pour enfants, mais pour me faire plaisir je fais des gravures et des dessins au sépia que j'offre souvent à mes amis pour les grandes occasions, mariages ou anniversaires.

À mes moments perdus, je suis l'invitée idéale. Je suis faite pour ça. Le dessin donne l'habitude de la précision et la capacité d'apprécier un sens de l'ordre qui n'est pas le sien. Quand on est un invité, on peut rêver sans que personne ne vous en empêche. Après tout, on n'est qu'un invité, un ornement. On a pour but de faire plaisir à ses hôtes. Quand on traîne dans la maison de quelqu'un d'autre, l'esprit s'évade. Inspirée par ce qui m'entoure, je me laisse aller à ce genre de pensées paresseuses, à ces mises en scène. Par exemple : une grande lune jaune ; la cuisine d'une vieille demeure dans une communauté universitaire. Sur le rebord de la fenêtre, un pot de confiture maison, de la ciboulette en pot, une bouture de vigne d'appartement dans une tasse ébréchée. Un grand chien dort devant le four. Si vous ouvrez la fenêtre, vous sentez l'air frais d'octobre. Dans le four, il y a une tarte aux pommes ou une miche de pain dont l'odeur chaude envahit la maison. Vous vous demandez si le moment est venu de ramasser le dernier potiron, ou de faire des conserves avec le panier de tomates vertes. Dans son bureau, votre mari s'est assoupi sur un livre édifiant, issu des presses universitaires, avec une jaquette bleue. Vous portez une jupe en velours, un chemisier élégant, et, sur les épaules, un pull de votre mari. Vous êtes une femme qui observe le passage d'une saison à une autre.

Ou bien vous allez chez les Martin, un soir de pluie. Ils occupent un duplex dans un vieil immeuble victorien, et, tandis que vous contemplez les moulures polies et que vous regardez tomber la pluie à travers les fenêtres plombées, vous avez l'impression d'être en Angleterre au printemps, dans une petite maison de Devizes par exemple, ou de Bexhill-on-Sea. Vous venez de coucher vos enfants. Vous avez terminé un livre sur la vie de Joseph Wright of Derby. On frappe à la porte. Vous sursautez. Votre mari est en voyage, et il y a du brouillard dehors. À la porte se tient un homme qui vous a autrefois brisé le cœur, qui est en Angleterre pour affaires et qui vous a retrouvée.

Évidemment, vous savez très bien que vous habitez un appartement à New York. Vous travaillez à une table de dessin en chêne, entourée de pots remplis de pinceaux et de crayons. Chez les autres, votre perspective s'agrandit. Vous contemplez le vieux plateau Spode des Martin. Vous savez que la marque de brûlure sur la table en noyer de la salle à manger, la seule imperfection de sa surface, a été faite par le cigare de Paul qu'il a posé là, la nuit précédant la naissance de Ben. Ces détails nourrissent l'imagination.

Ah, les joies domestiques ! Merveilleuses assiettes, sublimes pots à lait. Vous connaissez vos amis par leur décoration. Si Mrs A. a le vieux moule à gelée de sa maman, vous en voulez un aussi, avec tout ce qui va avec : la famille, la tradition, les années pendant lesquelles la gelée a été moulée dedans. Nous autres, hédonistes du foyer, vivons dans un état de désir perpétuel, même si nous habitons un endroit tout à fait confortable.

Impossible d'être une bonne invitée et d'être mariée. Quand vous êtes célibataire, vous n'apportez avec vous que le simple bagage de votre personnalité, choisi et rempli par une seule paire de mains. Le mariage est bidimensionnel pour ceux qui ne sont pas mariés. Quel que soit leur degré de proximité avec un couple, ils voient la situation sans aucune perception en profondeur. Si vous voulez de la compagnie, et que vous n'en avez pas, tout dans le mariage vous paraît bon, y compris les plaintes, les disputes, les malentendus. Si seulement, pensez-vous, vous aviez quelqu'un d'assez proche pour que vous puissiez mal interpréter ce qu'il vous dit. Suffisamment intime pour que vous puissiez vous disputer. Suffisamment connu pour que vous puissiez vous plaindre de lui. Le mariage est un état, comme la propreté ou l'ordre. C'est aussi solide que l'argenterie dans le buffet. Pour les célibataires, le mariage est une sorte d'apparat, jusqu'à l'alliance discrètement portée au doigt.

Ça, c'est du romantisme. Personne ne rêve d'après-midi sinistres, de désespoir, de divagations, de chaos et d'ennui. En tout cas, pas les célibataires, surtout s'ils envisagent le mariage depuis leur perchoir solitaire. La solitude vous donne le luxe de penser aux formes gracieuses et complètes que prend la vie d'autres gens. Mes amis sont solides, comme moi. Pourquoi quelqu'un d'aussi solide que moi est-il solitaire ? Mon intérieur est organisé, mesuré, soigné, mais il ne représente que moi, non la fusion entre moi et quelqu'un d'autre. J'ai mon confort, mais il n'appartient qu'à moi.

Ma vie a changé quand Gilbert Seigh y est entré. C'est pour Gilbert que j'ai produit mon meilleur travail : les illustrations pour *Le Traité de l'amour courtois* et pour *Les Lais de Marie de France*.

Le père de Gilbert, son grand-père et son arrière-grand-père étaient éditeurs de beaux livres. Après avoir pratiqué le droit pendant cinq ans, Gilbert a repris l'entreprise familiale quand la vue de son père a commencé à baisser. Gilbert était né là-dedans et il y avait contracté le virus. Son arrière-grand-père produisait des éditions de James Fenimore Cooper, de Thackeray, et de Mrs Scott Courrier-Maynard, poétesse du Connecticut aujourd'hui oubliée. Son grand-père s'intéressait aux mémoires du président Grant, à Washington Irving et aux discours des présidents américains. Le père de Gilbert publiait des poètes contemporains, il s'occupait d'un petit magazine intitulé *Lampfire*, et sortait des éditions bilingues de Rimbaud, de Rilke et de Christian Morgenstern. Gilbert préfère les classiques, les livres sur la nature et Herman Melville. Pour trois mille dollars, vous pouvez acheter l'édition Seigh de *Billy Budd*. Pour six mille, vous aurez les deux volumes de *Fleurs sauvages du continent nord-américain*.

Gilbert ne ressemble pas à un amoureux des livres, mais à un jeune magnat de l'automobile : grand, le teint coloré, enthousiaste. Ses lunettes s'embuent sous l'effet du plaisir, tout simplement. Il a un tempérament vif et un grand rire sonore. Je me le représente souvent assis dans son fauteuil en cuir, au bureau, riant et essuyant ses lunettes sur le veston de son costume en laine. J'aime le voir affronter son chef relieur, un Italien fougueux appelé Antonio Nello, à propos des ornements du dos. Une confrontation entre ces deux perfectionnistes têtus entraîne des flots de hurlements de la part de Gilbert et des envolées lyriques d'invectives de la part d'Antonio, après quoi on arrive à la bonne solution.

Quelques mois après avoir rencontré Gilbert, je suis tombée amoureuse de lui. C'est Paul Martin qui m'avait recommandée à lui. Au cours d'un dîner avec Paul et Vera, Gilbert avait dit qu'il recherchait un illustrateur et qu'il n'arrivait pas à en trouver un dont il appréciât le travail. Il était allé dans des dizaines de galeries et de musées, il avait contacté des dizaines d'agents. Il avait feuilleté des centaines de livres illustrés. Puis Paul lui avait montré un dessin que j'avais fait pour fêter la naissance de Violet. Il représente une petite fille assise dans un champ de lavande et de fleurs violettes. Gilbert avait demandé si l'artiste était encore en vie. C'était la meilleure chose qu'il ait vue depuis Arthur Rackham, avait-il ajouté. Vera lui avait montré des exemplaires du *Poisson à plumes* et de *Blanche-Neige et Rose-Rouge*. C'est ainsi que la jeune illustratrice a rencontré Gilbert Seigh. Il a jeté un œil à mon portfolio, et puisqu'il n'y avait pour moi aucun enjeu, je me sentais libre de ne pas l'apprécier. J'avais l'impression qu'il traitait mon travail avec désinvolture. J'avais l'impression que les Martin m'avaient obligée à rencontrer un homme disponible dont les goûts coïncidaient avec les miens. Il a refermé le portfolio et s'est mis à chantonner joyeusement, ce à quoi je me suis dit que cet homme était un crétin.

« Mon cœur est comme un oiseau qui chante », entonnait-il.

Je commençais à m'énerver sérieusement. Je pensais qu'il était arrogant, insolent, prétentieux et d'une excentricité pénible. J'ai repris mon portfolio et j'ai attaché les rubans.

– Merci de m'avoir reçue, ai-je dit, et j'ai commencé à partir.

– Oh, attendez ! s'est-il écrié. Je vous ai fait attendre. Je suis absolument désolé. Vous pensez que je n'ai pas examiné votre travail comme je le devais, mais je le connais déjà. Vera m'a montré vos livres et le dessin que vous avez fait pour Violet. Je me suis comporté comme un imbécile parce que tout cela est magnifique. Je suis trop monomaniaque pour vous l'avoir dit. Vous êtes l'illustratrice que je cherchais. Asseyez-vous, je vous en prie.

Je me suis assise. Je pensais qu'il était dingue. Puis il a décrit le projet qu'il avait en tête : une édition du *Traité de l'amour courtois*, d'André le Chapelain. Je lui ai dit que j'avais étudié la littérature médiévale. Il a rayonné de plaisir avant d'essuyer ses lunettes. Il me semblait toujours un peu timbré, mais il savait sans aucun doute ce qu'était un beau livre.

Voilà comment cela a commencé. Je suis rentrée chez moi, j'ai terminé ma dernière commande et j'ai commencé à produire ce que j'ai fait de mieux pour Gilbert Seigh.

Nous travaillions élégamment ensemble. C'était l'accord parfait. Il m'emmenait souvent déjeuner, sans jamais même me frôler le bras de sa manche. On disait qu'il fréquentait une avocate, qui occupait une place dans sa vie depuis qu'il avait divorcé. C'est donc à Gilbert que j'ai offert mon cœur. Je pensais à lui en permanence. Le fait d'être amoureuse de lui m'apportait toutes les choses sur lesquelles je comptais dans la vie : un sentiment de désir, quelque chose à tourner encore et encore dans ma tête, et cette lucidité légèrement déséquilibrée qui vient quand l'amour n'est pas réciproque. Chaque ligne que je traçais était une sorte de dédicace. Choisir une police, parcourir des échantillonnages de papier, concevoir et dessiner, examiner des épreuves avec lui, tout cela me donnait un sentiment extrême et grisant de plaisir. Qu'est-ce que l'amour, si ce n'est pas cela ?

Eh bien, je vais vous dire ce qu'est l'amour. L'amour m'avait fait souffrir trois ans plus tôt, et cela n'avait pas cessé de me hanter. L'homme en question était un astronome du nom de Jacob Bailey. Quelque part dans les cieux, il y a une galaxie qui porte son nom : la galaxie Bailey. On ne peut la voir qu'à travers le télescope d'un observatoire ; il me l'a montrée un jour dans un observatoire du Vermont. Je ne la reverrai sans doute jamais. J'avais rencontré Jacob pour des raisons professionnelles ; seules raisons valables selon moi pour rencontrer des personnes avec qui va se créer un lien profond. J'illustrais un livre pour enfants sur Kepler, et Jacob vérifiait l'exactitude des images et du texte. Ce fut tout de suite l'amour : chaud, intense, brillant et voué à l'échec. Quand la fin arriva et que nous nous séparâmes, ce fut avec beaucoup de perplexité et de désespoir. Jacob voulait une expérience exceptionnelle, qui serait inoubliable, mais resterait exceptionnelle. Je voulais quelque chose qui fasse partie de ma vie de tous les jours. Une liaison qui démarre sur les chapeaux de roues, dans un rugissement de moteur de Formule 1, suit son cours et s'arrête. Quand les étincelles ont disparu entre nous, je suis entrée dans une sorte de période de deuil. J'avais l'impression que cela m'avait transformée d'être malheureuse en amour, et c'était le cas, mais ma vie restait la même. Je travaillais avec ce que je sentais être une profondeur nouvelle et je portais Jacob dans mon cœur comme un secret.

Quand on tombe amoureux de cette façon, c'est comme une maladie qui frappe et on comprend pourquoi les poètes du XIXe siècle pensaient qu'ils étaient malades d'amour ou qu'ils en mouraient. Les divorcés se rappellent parfois les joies du mariage comme des tensions, mais dans une histoire d'amour, c'est l'inverse qui est vrai. Puisque le mariage est définitif et que les histoires d'amour sont ouvertes, on a tendance à penser à ce qui aurait pu être au lieu de ce qui a été. Je me rappelais donc le sourire magnifique de Jacob, mais pas son penchant pour la cruauté. Je me souvenais de la ressemblance que je lui trouvais avec un ange, mais pas de ses fréquents accès de méchanceté et de leurs effets. Mais quelle différence cela fait-il ? Je me rappelais. Ma vie, ma vie intérieure, est devenue une sorte de rêverie, et je n'aurais pas été choquée si je m'étais aperçue que, dans un état second, j'avais élevé un petit autel à la gloire de Jacob Bailey : sa photographie, mon livre sur Kepler, un ticket de parking du zoo du Bronx, les petites boucles d'oreilles en perles qu'il m'avait offertes. Quand on est sentimental, l'idée de s'engager en amour, la notion de stabilité amoureuse, est aussi étrangère que le sol de la Lune.

En matière de musique, Gilbert a les goûts d'un intellectuel aux oreilles en fer-blanc. Il va à l'opéra. Il aime Mozart. Il écoute, absorbé, mais la musique n'est que l'un de ses intérêts, et certainement pas le principal. Pour lui, c'est une sorte de son blanc et cultivé, comme des verres qui tintent à côté au cours d'un dîner dans un grand restaurant. Eh bien moi aussi je peux fredonner quelques airs, mais mes réactions n'ont rien de cultivé. Pour moi la musique n'est pas un intérêt, mais une passion ; c'est quelque chose dont j'ai besoin. Si je trouve un morceau que j'aime, je l'écoute en boucle. Ensuite je suis capable de me rejouer de mémoire, dans ma tête, un quatuor de Brahms, ou n'importe laquelle du million de chansons de rock que j'aime, alors que je suis assise dans un bus. La musique passe alors au premier plan, ou fait office de paysage intérieur. Elle altère mon humeur, ou la complète. Les soirs venteux, j'aime rentrer chez moi, allumer un feu et me passer un petit Boccherini, juste pour me réchauffer. Quand je m'assois pour travailler, une autre humeur s'empare de moi. Mes meilleures illustrations pour *Le Traité de l'amour courtois* ont été faites en écoutant les Everly Brothers chanter *Sleepless Nights*. Quand cela a perdu de son charme, j'ai passé Jerry Lee Lewis et *Another Place, Another Time*. Après quelques heures de travail, j'aime pleurer un bon coup en écoutant le quatuor *Les Harpes*.

La musique vous appartient totalement. Elle vous met dans un état d'esprit complexe sans même que vous sortiez de chez vous. Je peux revivre de longs moments passés avec Jacob Bailey en passant ce que j'écoutais quand il était près de moi ou ce sur quoi je pleurais quand il n'y était plus. Ça fait revenir le passé, et, si vous devez isoler un moment de votre vie, vous pouvez dire « c'est quand on entendait partout *He's a Rebel*, des Crystals » ou « juste après le concert de Dietrich Fischer-Dieskau ». Ce genre d'adoration de la musique constitue une forme d'intimité et aide grandement les personnes très sensibles qui vivent dans un état hermétique – comme une clé vers le passé, une inspiration.

J'ai travaillé avec Gilbert sur *L'Amour courtois* pendant un an, et quand le livre est parti chez l'imprimeur, nous nous sommes mis à l'œuvre sur les lais de Marie de France. Ces poèmes, qui parlent d'amour malheureux, me faisaient penser à Jacob Bailey. Je m'arrêtais de travailler pour passer la tête par la fenêtre et essayer en vain de repérer la galaxie Bailey. Je travaillais au son d'un disque de vieux hymnes. Mon préféré était *The Lone Pilgrim*, « Le Pèlerin solitaire ». Un homme va à l'endroit où le pèlerin solitaire est enterré et il entend quelqu'un qui l'appelle. C'est le pèlerin, qui lui raconte son histoire. Loin de chez lui, éloigné de ceux qu'il aime, il est mort de chagrin. Je me repassais sans arrêt la même strophe, qui disait :

> Oh, dites à ceux qui me sont chers, ma compagne et mes [enfants,
> De ne pas pleurer pour moi maintenant que je ne suis [plus là.
> La main qui m'a guidé dans les pires difficultés
> M'a gentiment aidé à retrouver mon foyer.

Puisque je pensais à Jacob Bailey, ce chant me donnait envie d'être avec lui. Je savais qu'il était en expédition au Groenland, tout seul. Je pensais aux pires difficultés qu'il traversait peut-être et à la gentille main qui pourrait l'aider à retrouver son foyer : la mienne.

Ces jours-là, je croyais le voir dans la rue. Mon cœur faisait un bond ; je pensais qu'il était revenu. Mais ce n'était jamais Jacob. Je voulais aller vers l'homme que j'avais pris pour lui et le secouer pour le punir de ne pas l'être, pour le secouer jusqu'à ce qu'il devienne Jacob. À certains moments, je n'arrivais pas à croire que notre lien avait été brisé. Ça, c'était l'amour, non ?

Et pendant tout ce temps, évidemment, j'ai continué à être amoureuse de Gilbert. Ce que j'avais pris pour un petit coup de cœur s'était transformé en réelle affection. L'année que nous avons passée à travailler sur *Le Traité de l'amour courtois* m'avait largement donné le temps de juger son caractère.

Le pire reproche que l'on pouvait lui faire, c'était qu'il avait tendance à être trop absorbé. Quand il était dans cet état, il prenait beaucoup de temps pour répondre quand on lui parlait et on avait l'impression qu'il se montrait grossier. Quand il se concentrait, des papiers jonchaient son bureau, ce qui poussait sa secrétaire à se demander s'il était désordonné chez lui. Chez lui, il était désordonné quand il était absorbé par quelque chose. Son lit n'était pas fait. Les vêtements s'y accumulaient en un tas qui rappelait un nid de termites africains. Son courrier, ses journaux, ses livres et ses catalogues étaient éparpillés sur son bureau, sur sa table basse ou dans la cuisine.

Cette absorption avait pour résultat la perfection. Les livres de Gilbelt étaient plus que beaux : ils étaient nobles. Son énergie était généreuse et constante, et il accordait aux gens la même attention qu'aux livres. Gilbert aussi a appris à me connaître. Il savait quand j'étais épuisée, ou quand je séchais sur un dessin et que je n'arrivais pas à voir quelle forme il prenait. Il savait comment me faire rire, quel genre de nourriture j'aimais. Il a appris à me faire une tasse de thé très chaud à la fin de la journée, et il se rappelait ce que je lui disais. Quand nous avons commencé à travailler ensemble, je lui ai décrit une assiette que j'avais vue dans un magasin d'antiquités et que je voulais de tout mon cœur. Il s'agissait d'un exemple : nous parlions de l'impatience et de la sagesse de se refuser un plaisir abordable pour tester sa volonté. Le jour où, un an plus tard, *L'Amour courtois* a été imprimé, Gilbert m'a offert la petite sœur de l'assiette que je voulais : en porcelaine du Staffordshire, bleu foncé, avec des fleurs tout autour.

En bref, il était exactement comme moi. Quand il n'était pas absorbé, son appartement était immaculé et arrangé parfaitement pour les joies du foyer. Il achetait des fleurs quand il avait du monde à dîner. Il aimait faire durer les repas. À mon tour, j'ai appris à le revigorer quand il devenait grincheux et découragé. Je savais qu'il adorait les tartes à la rhubarbe et je lui en ai fait dès que la saison de la rhubarbe est arrivée. Mais, mieux que tout cela, nous étions parfaitement assortis professionnellement.

Le soir où nous avons vu l'édition achevée de *L'Amour courtois*, nous sommes sortis dîner pour fêter cela et nous avons bu deux bouteilles de champagne. Gilbert m'a raccompagnée chez moi à pied, et, sur le chemin, il s'est arrêté et il a fait quelque chose qui m'a stupéfiée : il m'a prise dans ses bras et il m'a embrassée. J'étais étourdie et saoule, mais pas suffisamment pour ne pas savoir ce qu'a été ma réaction. Il ne m'avait jamais ne serait-ce qu'effleuré le bras de sa manche, et nous étions là, dans les bras l'un de l'autre, dans une rue déserte.

Quand il a desserré son étreinte, j'ai demandé :

– Tu n'as plus envie de m'embrasser ?

– Quelquefois, quand on travaille beaucoup avec une personne, on prend l'habitude de travailler et on ne sait pas juger de ce qu'elle ressent, a répondu Gilbert.

Dans mon appartement, il m'a dit ce qu'il ressentait, et je lui ai dit ce que moi je ressentais. Puis nous avons célébré notre première nuit ensemble.

Un esprit solitaire aime revenir sur la souffrance que cause un amour passé. Si vous êtes tout seul, ça vous donne quelque chose à quoi réagir, comme un exercice pour contracter les muscles.

Je savais que Gilbert était en train de tomber amoureux de moi. Je l'ai vu. Et Gilbert savait que j'étais en train de tomber amoureuse de lui. Nous pensions que nous étions faits l'un pour l'autre, mais en fait nous prenions juste l'habitude d'avoir eu la chance énorme de nous être trouvés. Ce n'est pas si souvent que deux personnes aussi assorties se rencontrent. Mon amour pour Gilbert s'accompagnait d'un sentiment d'adéquation que je n'avais jamais ressenti auparavant, et nous avons décidé de nous marier dans l'année.

Quand je travaillais seule dans mon appartement, je brûlais du désir de voir Jacob Bailey. Ce désir était aussi intense qu'une douleur véritable. Je gâchais de nombreuses feuilles de papier à lettre à lui écrire des messages que je commençais avant de les déchirer. Quand ce que vous voulez le plus au monde est à portée de la main, que vous reste-t-il à faire sinon reculer ?

J'imaginais mon secrétaire en chêne à côté de la lampe chinoise de Gilbert, mes livres près des siens, mes vêtements à côté des siens dans la penderie. Tous mes amis vivaient en couple, à part moi. J'étais seulement tombée amoureuse – l'amour étant ce sur quoi l'on pleure un jour en privé. Que faire quand l'amour ne s'arrête pas ? quand il cesse d'être purement romantique et devient quelque chose de plus sérieux ?

On s'habitue à un état de manque, à une vie passée à désirer quelque chose. On apprend à vivre avec et ça devient une partie de votre vie, comme le chat que l'on remarque à peine et qui se frotte furtivement contre vous au cours des repas ou qui vient s'installer au pied du lit la nuit. On ne peut pas rêver de mariage si on est marié. Si j'étais mariée à Gilbert, qu'est-ce que je désirerais ? Je ne pourrais même pas désirer être avec lui.

Malheur à ceux qui obtiennent ce qu'ils désirent. L'accomplissement laisse un espace vide là où était votre ancienne personnalité, celle qui se languit, qui rumine, qui médite. Dans votre imagination, vous meublez la maison de vos rêves, mais qu'il est surprenant et définitif de se rendre compte que vous habitez vraiment dans cette maison. Que vous reste-t-il ? Entourée de tout ce que vous vouliez, vous avez l'impression d'avoir été amputée. Les sentiments que vous aviez l'habitude de tolérer ne servent à rien. Les conditions que vous aviez fixées à votre bonheur sont remplies. Cette sensation étourdissante, qui vous tenaille parfois comme la faim, n'a pour vous plus aucune utilité.

Vous voulez quelqu'un à aimer. Vous le trouvez. Vous avez envie d'être avec lui. Soudain, vous découvrez que votre amour est réciproque. Vous vous mariez. Avant cela, vous comptez les jours que vous passez dans la cuisine d'autres personnes, à la table du dîner, à mettre au lit les enfants des autres. Vous avez profité de foyers que vous n'avez pas créés, mais que vous appréciez. Le pèlerin solitaire est invité aux repas des autres, il y prend part, il les savoure, et rentre seul chez lui en taxi.

Ces jours-là étaient consacrés à une quête, qui visait à donner de la stabilité à votre propre vie, et maintenant cette quête est terminée. Le bonheur que vous imaginiez est là. Vous perdez donc vos anciens repères. D'un côté, il y a votre bonheur ; de l'autre, il y a votre passé – celle que vous étiez avant, quand vous traversiez la vie seule, avec votre expérience en héritage. Une fois que vous vous êtes engagée, tout change et le reste de votre vie vous paraît être une forêt obscure sur la propriété que vous venez d'acquérir. Elle est à vous, mais vous avez toujours peur d'y pénétrer. Vous vous demandez ce que vous pourriez y trouver : une petite chapelle, quelques bouleaux, des loups, des serpents, le pire que vous puissiez imaginer, ou le meilleur. Vous faites timidement un pas vers l'avant et vous vous rendez compte que vous n'êtes pas seule. Vous prenez la main de quelqu'un, la main de Gilbert Seigh, et vous vous efforcez de scruter l'obscurité qui s'étend devant vous.

L'amant immature

Quand Jane Mayer rencontra Cordy Spaacks, elle était à ce stade de la vie où tout paraît possible. Elle était pleine d'énergie et d'enthousiasme. Les fenêtres de son appartement donnaient sur une jolie rue. Elle venait de commencer à enseigner, et ses étudiants l'avaient tout de suite appréciée. Le visage que lui renvoyait son miroir était plus que confiant ; il était volontaire. Elle se sentait un peu comme les athlètes quand ils sont au summum de leur forme physique. Sa vie avait pris une tournure qu'elle trouvait parfaitement agréable, et les circonstances dans lesquelles elle se trouvait la remplissaient de bonheur. Elle était tout à fait prête à tomber amoureuse.

Elle rencontra Cordy à un cocktail, organisé par l'université, qui se tenait dans le département des arts et sciences humaines, où Jane enseignait la littérature anglaise. Cordy était dans le département de physique, mais les cocktails des arts et sciences humaines étaient renommés pour leurs sandwichs, petits mais excellents, et Cordy aimait manger gratuitement s'il le pouvait. Tous les jeudis, il allait tranquillement à la salle où la réception avait lieu, invité par un copain qui enseignait le français. Ce copain, le genre d'imbécile heureux rempli de bonnes intentions que l'on peut convaincre de jouer Cupidon dans une pièce universitaire sur saint Valentin, avait rencontré Jane, qui était nouvelle. Il savait aussi que Cordy était célibataire et, puisque Jane et Cordy faisaient partie des personnes les plus attirantes qu'il eût jamais rencontrées, il se sentait l'obligation de les rapprocher l'un de l'autre. Il savait que Cordy était divorcé. Il ne savait pas que Cordy avait passé les quatre derniers mois de son mariage malheureux, qui avait duré quatre ans, dans un silence presque complet, ni que Cordy était en grande partie responsable de l'échec ; il avait épousé une fille légèrement timbrée qu'il avait ensuite fait souffrir pour cela. Mais des renseignements de ce genre sont rarement communiqués aux marieurs amateurs, et ce fut avec une certaine emphase qu'il conduisit Cordy à Jane.

Jane venait de faire un cours magistral sur Charlotte Brontë et elle avait un bel appétit. Ils furent présentés l'un à l'autre alors qu'elle se tenait à côté d'un plateau de ces fameux sandwichs. Le copain bien intentionné se retira, rayonnant, et laissa Cordy regarder Jane avaler sept sandwichs et les faire descendre avec une tasse de thé tiède.

– Avez-vous toujours autant d'appétit pour tout ? demanda Cordy.

– Oui, répondit Jane. N'est-ce pas le cas de tout le monde ?

Ils révélaient ainsi leurs personnalités, s'ils avaient pris la peine d'y prêter attention. Ce court échange aurait pu représenter deux déclarations de politique générale, et ils n'auraient eu ni l'un ni l'autre besoin de prononcer un autre mot. Au lieu de cela, Jane pensa que le terme qui correspondait le mieux à Cordy était « charmant ». Il avait un large sourire, un gloussement un peu frénétique et une bouche magnifique. De plus, il était visiblement intelligent – elle s'en rendit compte tout de suite. Cordy remarqua que les cheveux de Jane avaient la couleur du caramel, qu'elle avait les yeux verts, et qu'elle était un mélange unique de style et d'intelligence. Ils s'isolèrent dans un coin pour entamer une conversation au cours de laquelle ils brillèrent de tous leurs feux. Ils se mirent instantanément d'accord sur tout. Jane sentit qu'elle donnait le meilleur d'elle-même : elle était séduisante, passionnée et originale. Le destin venait de lui offrir un partenaire idéal. Dans les yeux marron de Cordy, Jane voyait le reflet de l'effet qu'elle produisait. Cordy, qui avant son mariage avait brisé des cœurs dans de nombreuses et prestigieuses institutions d'enseignement supérieur, était captivé. Après plusieurs rencontres semblables dans d'autres lieux et un baiser spectaculaire, provoqué par Cordy en enlevant le ruban qui retenait les cheveux de Jane, ils devinrent inséparables. Soir après soir, on pouvait les voir à la bibliothèque, leurs chaises rapprochées l'une de l'autre. Sous la table, si on était à quatre pattes, on remarquait le pied déchaussé de Jane posé sur la chaussette de Cordy.

Dans la plus pure tradition romantique, Cordy et Jane s'échangèrent des versions expurgées de leurs histoires familiales. Jane apprit que Cordy était riche. Il s'appelait Arthur Corthauld Spaacks. Tout le monde dans sa famille avait un petit nom, un surnom, ou une déformation quelconque du nom qui apparaissait sur leurs certificats de baptême. Sa mère, Constance, était Contie. Son père, Corthauld, était Hallie. Son frère, Christian, n'était que Chris, tandis que sa sœur, Mercia, était appelée Mousy par tout le monde.

Jane apprit que Cordy avait épousé une fille nommée Lizzie Meriweather et qu'ils avaient eu un enfant, Charlie. À propos de son mariage, Cordy semblait perplexe. Il n'avait pas fonctionné, tout simplement, disait-il. Jane savait que son divorce était assez récent et que les gens récemment divorcés sont toujours perplexes. Jane avait donc abordé le sujet de sa vie de famille et lui avait demandé comment il s'entendait avec ses parents, son frère et sa sœur. Pour lui donner un exemple, Cordy raconta à Jane la dernière grande sortie en famille des Spaacks. Tout le monde était marié à l'époque. Cordy à Lizzie, Mousy à Bobby LaVallet, l'héritier bon à rien d'une écurie de chevaux de course, et Chris à une Canadienne nommée Valerie Slowden. Des trois enfants Spaacks, seul Chris était encore marié.

Les parents Spaacks possédaient trois pied-à-terre : un appartement à Manhattan, le presbytère familial à Furnall, dans le Connecticut, et une maison de vacances à Salt Harbor. C'est là que la famille s'était rendue pour un week-end pascal. Tout le monde se disputa violemment. Cordy et Lizzie, quand ils se parlaient, s'insultaient en privé. Cordy ratissa le gravier avec son père, et tous deux se plaignirent à mi-voix du comportement de Mousy pour éviter d'avoir à s'adresser directement la parole. Quand on pouvait l'empêcher de se disputer avec sa mère, Mousy se querellait avec son père. Mousy et Bobby passaient leur temps à rechercher frénétiquement un endroit où ils pourraient fumer du haschich sans être vus. Cela les empêchait de remarquer qu'ils n'avaient presque rien à se dire. Leur fils, Petit Quentie, fut renversé par son cousin Charlie et s'ouvrit la lèvre. Il se mit à gémir, et Charlie se mit à hurler.

Chris et Valerie n'avaient pas d'enfants et ils ne se disputaient jamais. Ils avaient emmené avec eux, à Salt Harbor, leur chien, un basset appelé Tea. Tea vomissait un peu partout dans la maison, dans des endroits discrets ou devant tout le monde, mais l'air de la mer semblait lui faire du bien. À table, Chris et Valerie étaient mal à l'aise parce qu'on leur faisait sentir qu'ils devraient avoir des enfants. Tout le monde était de cet avis. Ils restaient assis en silence et regardaient s'effondrer les autres mariages.

Pendant ce temps-là, Lizzie se réfugiait à la plage. Elle rejoignit Bobby et Mousy et passa le plus de temps possible dans les vapes grâce à une forme de cannabis appelée le poison de Durban, que Bobby avait obtenu d'une connaissance sud-africaine.

Ce climat tendu n'avait rien d'inhabituel. En fait, c'était chose courante. À un moment, Chris donna à Cordy un tuyau boursier et Cordy répara la radio dans la voiture de Chris : ce fut ce qui se rapprocha le plus d'une démonstration d'affection. Le week-end atteignit son apogée lors du déjeuner du lundi de Pâques. Spaacks père présidait, découpant les canards durs comme de la pierre, avec sur le visage le sourire lointain que l'on voit sur un cadavre tout frais.

Jane apprit cela avec un chagrin réel. Quel dommage que Cordy n'eût pas des parents gentils et aimants comme les siens. Ses parents à elle, qui l'adoraient, l'emmenaient à l'opéra pour son anniversaire. Cordy avait besoin d'être sauvé, et Jane pensait que l'amour le sauverait sûrement.

C'est l'appartement de Jane qui révéla sa personnalité à Cordy. Il était petit mais bourré d'objets : des aquarelles, des photos de famille dans des cadres bordés de velours, des théières, des pichets et des assiettes magnifiques. La première fois qu'il était venu, Cordy avait regardé autour de lui avant de demander : « Comment fais-tu pour travailler ici ? »

Son appartement à lui était presque vide. Les objets qui s'y trouvaient avaient été soit loués avec l'appartement, soit récupérés à l'Armée du Salut. Les Mayer venaient d'une famille de Juifs allemands et néerlandais affaiblie au fil des ans, qui avaient eu autrefois beaucoup d'argent. Maintenant, ils avaient des affaires. Ils avaient des tapis persans, de l'argenterie anglaise, de la porcelaine de Limoges et des soupières de Meissen. C'est de Cordy que Jane apprit la leçon si importante pour la haute bourgeoisie : que certaines personnes ont beaucoup d'argent et presque rien d'autre.

Jane prépara à Cordy le premier de leurs nombreux repas. Elle lui fit une omelette toute simple, avec du fromage et de la ciboulette. Cordy parut transporté. Il n'avait jamais mangé d'omelette aussi bonne – pas même en France, ajouta-t-il.

– Où as-tu appris à cuisiner comme ça ? demanda-t-il, émerveillé. Quand je fais des œufs, ils me restent toute la journée sur l'estomac. Les tiens passent directement dans le sang.

– Qu'est-ce que tu fais avec tes œufs ?

– Eh bien, je me lève le matin, je mets un peu d'huile d'arachide dans une poêle, j'allume le feu dessous, puis je prends ma douche, je me rase et je m'habille, et quand je reviens à la cuisine, la poêle est à peu près à température d'un convertisseur Bessemer. Je bats les œufs et je mets un peu d'épice dedans…

– Quoi comme épice ?

– Un truc que j'ai trouvé dans l'appartement quand j'ai emménagé. Les anciens locataires l'avaient laissé. Du cerfeuil, ça a du goût. Ou du curcuma, ça existe, non ? Ensuite je verse les œufs dans la poêle, et ils se transforment instantanément en plaque d'amiante.

– C'est très facile de faire des œufs qui ne ressemblent pas à ça, dit Jane. Je pourrais t'apprendre en une seconde.

– Je n'ai pas le temps de penser à la nourriture, répondit-il. Et puis personne n'a jamais proposé de me montrer comment faire. Si je m'habituais à des œufs comme les tiens, je finirais par m'habituer à un tas d'autres choses, je finirais par mener une vie de patachon, et je n'arriverais plus à travailler. Et je ne pourrais plus t'en demander d'autres. Je peux en reprendre un ?

Quand il parlait de travailler, Cordy faisait référence à sa thèse. Puisqu'il avait été consultant dans le privé pendant quelques années, il se sentait légèrement désavantagé : des enseignants plus jeunes que lui avaient déjà leur doctorat. Il pensait qu'il devrait aussi avoir le sien. Cette thèse restait sagement posée sur son bureau depuis déjà un certain temps. Jane soupçonnait qu'il se servait d'elle comme prétexte pour repousser le moment de s'y mettre, et puisqu'il était considéré par son département comme l'un de ses jeunes génies, la date de soutenance importait peu. Elle-même travaillait à sa thèse, que sa liaison avec Cordy n'affectait nullement. En réalité, elle avait l'impression de travailler mieux que jamais. Après le dîner, elle s'installait à la table de la cuisine avec ses livres, tandis que Cordy se vautrait sur le canapé avec les siens, mais même s'il prétendait que son appartement l'empêchait de se concentrer, il prétendait aussi que cela en valait la peine. Il n'avait jamais été aussi heureux de sa vie, disait-il.

Jane utilisait du savon à la lavande, ce que Cordy appréciait beaucoup. Un jour, elle en glissa un pain dans son cartable et, quand il le découvrit, ses yeux s'embuèrent.

« Personne ne m'a jamais fait de cadeau avant », dit-il avec un tel tremblement dans la voix que Jane ne trouva pas étrange une seule seconde que ce garçon, qui possédait un fonds de dépôt, n'eût jamais reçu de cadeau auparavant. Elle le croyait. Elle croyait qu'il avait reçu des cadeaux quand c'était l'occasion mais pas de façon spontanée, simplement parce que quelqu'un l'adorait. Elle croyait en lui. C'était un homme en manque d'affection, le genre d'homme qui attire irrésistiblement une femme généreuse.

Avant de rencontrer Jane, qui le fascinait entre autres parce qu'elle mettait de l'huile d'olive dans les salades, il se nourrissait de café instantané, de lait en poudre et de purée en sachet. Il raffolait des cafétérias et clamait son amour des plats qui étaient restés plusieurs jours sur une table chauffante. Jane avait cru que les personnes qui se nourrissaient de cette façon étaient de pauvres gens qui n'avaient pas d'autre choix, mais Cordy, qui avait une trentaine d'années, possédait toujours certains des vêtements qu'il portait au lycée et presque tous ceux qu'il avait emportés à l'université. Il pensait apparemment, comme William Penn, que si c'était propre et chaud c'était largement suffisant, mais Cordy n'était pas Quaker et touchait des revenus confortables.

Quand Jane eut visité les trois pied-à-terre des Spaacks, elle commença à mieux comprendre son amoureux. Le premier qu'elle vit fut l'appartement de Manhattan. Lizzie Meriweather Spaacks, après s'être débarrassée de Cordy par un voyage en République dominicaine, s'était retirée à la campagne avec Charlie. Une fois par mois, Cordy passait le week-end avec Charlie, et puisque Lizzie refusait de voir Cordy, Charlie était véhiculé jusqu'à la ville, et l'appartement des Spaacks à Manhattan servait de boîte aux lettres morte, en quelque sorte. Au bout de quelques mois, Cordy emmena Jane chercher Charlie avec lui un samedi après-midi.

L'appartement des Spaacks était petit mais somptueux. Il avait vue sur le fleuve et était décoré comme les salles de réception des ambassades étrangères. Il était rempli de ces meubles sur lesquels on sent qu'il ne faut pas s'asseoir, parce qu'ils sont capitonnés de soie ou parce qu'ils sont extrêmement fragiles. Le plus tentant était le canapé, mais il était recouvert d'un velours crème qu'une main ou un pied mal placé aurait eu vite fait de salir. Debout près de la fenêtre, Jane regardait les bateaux nettoyeurs qui repoussaient les détritus de Manhattan vers le phare Ambrose. Cordy lui avait dit que les Spaacks appelaient cela la « circulation fluviale ». Au mur il y avait des dessins chinois sur soie grise qui, selon les décorateurs, apportent un peu de sérénité dans les maisons des banquiers et autres capitalistes.

Quand Cordy apparut avec Charlie, un enfant aux cheveux blancs et aux petites dents, Jane eut l'impression d'avoir été libérée. Mais derrière Cordy il y avait Spaacks père, et Jane n'était pas préparée à cette apparition. Il portait un costume qui semblait avoir été cuit sur lui, comme la peinture sur une Bentley. Il regarda Jane comme si elle était transparente et, après des présentations sommaires, il pensa à lui tendre la main. C'était une main dure, sèche, rapidement retirée, le genre de main qui, quand elle est attachée au poignet du père de votre bien-aimé, indique souvent que vous et ledit bien-aimé n'allez pas passer vos vieux jours à regarder le soleil se coucher en évoquant toutes ces années de bonheur que vous avez vécues ensemble.

C'est la dernière fois que Jane vit le père Spaacks. Ils emmenèrent Charlie chez Jane, puisque c'était beaucoup plus amusant chez elle. Ses animaux en plomb, que son père avait collectionnés quand il était enfant, ses livres d'images et ses crayons de couleur étaient bien plus intéressants que les listages d'ordinateur de Cordy, sa calculatrice ou son appareil photo avec zoom.

L'amour que Jane portait à Cordy était alors très intense. Elle souffrait de voir la chair de sa chair et de la chair de quelqu'un d'autre. Elle avait besoin d'être avec Charlie. Elle lui découpait ses sandwichs et lui donnait son lait dans un bol avec un lapin dessiné dessus. Lorsqu'ils allaient se promener, elle était aux anges quand Charlie lui prenait la main ou tirait sur son manteau pour attirer son attention. Elle pensait qu'elle aimerait un jour être la belle-mère de Charlie, ce qui, elle en était consciente, était une autre façon d'exprimer son espoir que Cordy serait à elle pour toujours. Cordy avait dit qu'il ne se remarierait jamais. Il trouvait que l'amour et le mariage s'excluaient mutuellement. Jane pensa que cela venait du fait qu'il n'avait jamais été heureux chez lui, et elle était une véritable déesse du foyer.

Pendant des mois, ils furent extrêmement heureux. Au début, l'amour s'occupe de tout. Il transforme une personne difficile en un charmant excentrique ; les sujets de dispute deviennent des divergences charmantes. Peu importe que les chansons populaires soient remplies de mauvais présages ; des chansons comme *Danger, Heartbreak Dead Ahead*[1] sont écrites et chantées pour ceux qui ont seulement l'intention de danser dessus. Et tant que les

1. *Danger, cœur brisé en vue* (*The Marvelettes*, 1965).

amoureux ne font rien d'autre ou presque que d'apprendre à se connaître, qui le remarque ?

Mais, au fil du temps, Jane se rendit compte qu'il y avait quelque chose d'étrange dans ce qu'elle prenait maintenant chez Cordy pour de la mesquinerie. Le froid qui émanait de l'appartement de ses parents à Manhattan, le salon sans vie, sans possibilité de vie, la main glacée de son père, tout cela semblait flotter autour de lui. Quand il s'extasiait sur la façon dont elle vivait, Jane commençait à se sentir comme une orchidée en serre : jolie, coûteuse et éphémère. Le cri de joie que poussa Cordy à la vue de deux filets mignons, dont Jane dut expliquer les vertus en termes de coût et de perte, lui donna l'impression que ce qui se passait entre eux ne ressemblait pas à la vie normale selon Cordy. La nourriture sur table chauffante, les appartements vides et les disputes familiales représentaient pour lui la normalité ; pas le savon à la lavande, le fait d'être adoré, et le café servi dans une grande tasse française.

C'est ce qu'il reconnut un soir, à peu de chose près. Ils vivaient quasiment dans l'appartement de Jane, puisque celui de Cordy ne permettait guère la vie à deux. Il avait un seul oreiller. La pensée qu'un jour Jane dormirait peut-être à côté de lui l'avait poussé à se rendre dans une braderie spécialisée en literie pour en acheter un autre, dont il ne pouvait pas identifier la garniture grumeleuse. Mais il reconnaissait ce qu'admet toute personne raisonnable : si on n'est pas allergique, on dort beaucoup mieux avec du duvet d'oie.

Cordy avait dîné. Il alla sur le canapé, s'empara de tous les coussins brodés, attira Jane à lui et, le nez dans le cou parfumé de la jeune femme, déclara que la vie avec elle était trop riche pour sa santé.

– Je vis de mon salaire, répondit Jane.

– Je crois que je devrais faire une cure de désintoxication.

Jane frissonna. Était-il dangereux de bien vivre ?

– Tu n'as pas besoin de vivre d'une façon aussi horrible, dit-elle.

– Je vis simplement. C'est très dangereux de s'habituer au luxe.

– J'ai l'impression que tu aimes bien avoir des choses. Les miennes, par exemple. Ça ne te dérange pas de boire du bon café et de t'enrouler dans un édredon pour faire la sieste. Tu veux absolument te priver de tout. Et puis, ce n'est pas ici que tu verras un appareil photo à zoom qui vaut un million de dollars, si ?

– Je ne me sers pas de mon appareil, répondit Cordy.

– C'est parce que tu es trop pingre pour acheter de la pellicule. Peu importe que tu t'en serves ou non. Tu en as un.

– Ce n'est pas ce que je voulais dire. Ces objets donnent une fausse impression de la vie. Si on a une maison agréable, on commence à croire que la vie aussi est agréable.

– N'est-ce pas le cas ?

– Pas pour longtemps.

Peu après cet échange, Jane rencontra la mère de Cordy. Mrs Spaacks offrit une poêle à frire électrique à son fils. Elle avait découvert qu'elle en avait deux. Si Cordy n'en voulait pas, elle avait l'intention de la vendre à une boutique de marchandises d'occasion. Cordy et Jane firent deux heures de voiture pour se rendre à la maison de Salt Harbor et récupérer cet objet dont Jane pensait que Cordy ne se servirait jamais.

La maison qui contenait cette deuxième poêle à frire était construite sur une avancée de terre qui donnait sur la mer. Le décor sur lequel elle s'imposait était spectaculaire. La maison elle-même était assez affreuse et contenait ces meubles en osier dur et inconfortable qui laisse des traces rouges profondément incrustées dans la chair. Jane se dit qu'elle avait maintenant vu deux des intérieurs Spaacks et qu'elle n'avait pas encore remarqué de surface sur laquelle un être humain pourrait se reposer confortablement.

Cordy trouva sa mère, assise dans un fauteuil en fer forgé, faisant des mots fléchés à la faible lumière du jour. Elle portait un tailleur qui contenait son corps comme une camisole de force, et, quand elle se leva, elle avait cette sorte de maintien que l'on enseigne aux filles qui savent qu'elles n'auront jamais à se baisser de leur vie pour ramasser ne serait-ce qu'une épingle.

Elle n'embrassa pas son fils. Elle leva simplement la tête vers lui, comme si elle voulait réchauffer l'air près de la joue de Cordy. Elle fit à Jane l'honneur d'un regard, lui serra la main et se tourna vers Cordy, qu'elle entraîna à sa suite, laissant Jane contempler le paysage seule. Cordy revint peu après avec la poêle électrique. Bientôt, Jane et lui étaient dans la voiture, en route pour Furnall, à une demi-heure de route, pour que Jane puisse voir l'endroit où Cordy avait passé son enfance.

La maison de Furnall était énorme et froide. Tout était recouvert de housses. « Elle est en vente, expliqua Cordy. Voilà pourquoi elle est comme ça. Évidemment, elle a toujours été un peu comme ça. »

Jane eut droit à une visite guidée. Cordy tourna dans un couloir et reconnut sa chambre d'enfant dans une pièce contenant une table, une machine à écrire et un meuble de rangement en bois. « Quand je suis parti à la fac, ils s'en sont servis pour stocker leurs déclarations d'impôts », dit Cordy.

Il avait l'air fatigué et Jane le trouva triste. Elle voulait le prendre dans les bras et le réconforter. Elle voulait le couvrir de toutes ces jolies choses qu'elle avait eues quand elle était petite et compenser ce qu'elle voyait comme la froideur de son enfance, ses horribles parents, le fait qu'ils lui avaient enlevé sa chambre dès qu'il eut quitté la maison.

– C'était comment de vivre ici ? demanda-t-elle.

– Je ne m'en souviens pas, répondit Cordy.

Quand l'amour commence à aller mal, il faut un véritable point de discorde. Dans certains cas c'est le sexe ; dans d'autres, la politique ou l'argent. Dans le cas de Cordy, ce fut le travail. Il disait que le temps qu'il passait avec Jane l'empêchait de travailler. Elle était trop séduisante, trop parfumée, trop luxuriante. Il avait changé toute sa façon de vivre pour être avec elle, disait-il.

De son côté, Jane vivait comme elle avait toujours vécu. Avant de connaître Cordy, elle se préparait ses repas, elle traînait le samedi matin en buvant du café et en lisant les journaux, tout comme elle le faisait avec Cordy. Avant Cordy ou avec lui, elle travaillait à sa thèse de la même façon.

Alors qu'il versait de la crème sur ses fraises, il dit : « Toute cette vie m'empêche de vivre. »

Jane eut l'impression d'avoir été giflée. Elle se rappela la première conversation qu'ils avaient eue. Elle n'avait jamais pensé que son appétit avait quelque chose d'inhabituel ; il s'agissait de l'appétit de vivre de tout le monde. Ce premier échange indiquait que Cordy n'éprouvait pas du tout la même chose.

Rien ne changea pendant quelques semaines, sinon que Jane commença à se sentir mal à l'aise à cause de ses salades, de la coupe de poires qu'elle posait sur sa table basse. L'attention que Cordy portait aux détails de sa vie commençait à lui donner l'impression non pas d'être appréciée, mais d'être anormale. Ils commencèrent bientôt à se disputer. L'éclat des débuts se perdit bientôt en querelles qui portaient sur les lieux de rendez-vous, le temps qu'ils passaient ensemble et le prix des côtelettes d'agneau. Dans les premiers temps, ces disputes se réglaient simplement. Après tout, ils avaient magnifiquement commencé leur histoire. Un sourire lumineux, une déclaration, un baiser dans la nuque pouvait toujours les ramener à leur état d'origine, quand ils pensaient qu'aucun autre couple ne possédait leur culture, leurs pouvoirs de séduction, l'intelligence avec laquelle ils s'adoraient. À présent, il semblait y avoir plus de disputes que d'enchantement. Cordy commença à se montrer froid et amer. Jane, à son tour, devint méthodique et brusque.

Il fut bientôt décidé qu'ils passeraient plusieurs nuits séparés. C'était l'idée de Jane, inspirée par le souci sincère de voir Cordy travailler à sa thèse et par un désir intense de ne pas voir cette belle histoire d'amour se transformer, de plus en plus, en minable échec domestique.

Cordy retourna à son logis spartiate où, à l'aide de café instantané et de lait en poudre, il commença à travailler à sa thèse. Quand des amoureux s'éloignent d'un commun accord, la fin approche. Cordy et Jane ne firent pas exception à la règle. Quand ils étaient ensemble, ils passaient leur temps à ne pas se comprendre, et quand ils étaient chacun de leur côté, les malentendus étaient soulignés par des coups de téléphone nocturnes. Jane avait parfois le sentiment que Cordy créait ces désaccords, comme pour lui démontrer qu'il avait raison et que la vie n'était vraiment agréable que pour peu de temps.

Quand elle était seule le soir, Jane avait parfois envie de jeter tous les objets qui lui étaient chers ; de verser dans l'évier la redoutable huile d'olive. Il lui était difficile de comprendre que ce qui avait commencé dans un tel bonheur, ce qui avait paru si prometteur, se terminait de façon aussi sordide. Elle se rappelait avoir cru autrefois qu'un manteau magique les protégeait, Cordy et elle, de la mesquinerie qui se glisse dans d'autres couples. Après tout, les gens ne se retournaient-ils pas sur leur passage dans la rue ? Leurs collègues ne les regardaient-ils pas avec envie ? N'étaient-ils pas beaux, intelligents, exceptionnels ?

Jane se dit que la situation terrible à laquelle ils étaient parvenus pouvait facilement s'expliquer en termes de décoration intérieure. Les objets achetés au rabais peuvent-ils s'associer à ceux qui ont été chèrement payés ? De toute évidence, c'était terminé. Ses plus grands atouts étaient devenus des défauts. Ils avaient dépassé le point de non-retour – un point où les oreillers à moitié prix et la confiture de fraises importée ne peuvent pas se rencontrer.

Leur dernière rencontre eut lieu dans un café. Ils avaient décidé de se retrouver en terrain neutre. La table entre eux était pleine de tasses vides et de cendriers pleins. À ce stade, ils vivaient surtout séparés, à part quand ils se téléphonaient. Plus rien ne semblait fonctionner entre eux, même si les regards qu'ils échangeaient au-dessus de cette table sale étaient de pur désir. Ils étaient fous l'un de l'autre, c'était indéniable. Ils n'arrivaient pas à comprendre comment ils pouvaient ressentir cela alors qu'ils étaient incapables de se parler sans se disputer. Mais c'était sans issue. Ils étaient fous l'un de l'autre, et cela ne faisait aucune différence.

– Tu me manques tellement, dit Cordy.

– Qu'est-ce qui te manque exactement ? Quelqu'un qui passe trop de temps dans la baignoire, qui lit pour son plaisir, ce qui est pour toi criminel ou presque, qui dépense trop d'argent pour acheter de la nourriture et qui t'incite à ne pas acheter tes cravates au supermarché. Tu sembles maintenant trouver que tout ce que je fais est mal. Comment puis-je te manquer ?

– C'est juste que tu me manques.

– Mais je t'empêche de vivre ta vie. Tu as dit que j'étais un luxe que tu ne pouvais pas te permettre. Je t'ai répondu que je payais ma part, mais tu voulais dire que je te fais perdre ton temps. Tu penses que c'est frivole d'avoir une vie agréable.

– Je t'aime comme un fou, dit Cordy.

Jane baissa la tête pour ne pas pleurer en public. Elle l'aimait aussi. Elle était folle de quelqu'un qui avait commencé à critiquer le moindre de ses gestes, qui la faisait tellement douter d'elle-même qu'elle arrivait à peine à s'habiller le matin.

– Comment peux-tu m'aimer si nous sommes incapables de rester cinq minutes ensemble sans nous disputer ? demanda-t-elle.

– Le temps que nous pouvons passer ensemble sans nous disputer n'a rien à voir avec l'amour, répondit-il.

Jane cessa de pleurer. Elle était stupéfaite par cette façon si simple d'expliquer les choses. Elle se rappela l'incident du savon à la lavande et son aveu déchirant que personne ne lui avait jamais fait de cadeau. Cela signifiait que, dans le cas de Cordy, une privation réelle revenait exactement au même que le sentiment d'avoir été privé de quelque chose. Avoir l'impression qu'on ne vous a jamais rien offert est presque aussi bien que d'avoir été négligé. Cordy avait besoin de cette forme de perte. Il avait vingt fois plus d'argent qu'elle n'en aurait jamais, mais il ne s'écoulait pas un jour sans qu'il s'efforce de trouver une nouvelle façon de se priver de quelque chose. Elle l'avait vu faire du lèche-vitrine, vouloir un objet largement à sa portée, et s'en détourner. C'était désespéré.

Elle respira profondément et dit à Cordy que ce serait très gentil de sa part s'il voulait bien partir. Il resta encore un moment, la fit profiter de son sourire le plus beau et le plus torturé, puis il sortit du café.

Quand il fut dans la rue, les larmes commencèrent à couler le long des joues de Jane. Elle commanda une autre tasse de café, la but lentement, se sécha les yeux, et regarda un groupe d'étudiants remonter la rue. C'était une belle journée de printemps. Tout le monde avait retiré son manteau. Quelques personnes avaient retiré leurs chaussures. Les couples se promenaient, main dans la main.

Et puis, du coin de l'œil, elle aperçut Cordy qui la regardait, appuyé contre une voiture de l'autre côté de la rue. Elle se dit qu'il serait facile de jeter quelques pièces sur la table, de franchir la porte et de courir vers lui. Elle pouvait sentir ses bras autour d'elle.

Au lieu de cela, elle lui rendit son regard. Elle avait compris. Il était à présent en train de se priver d'elle. Elle pensa tristement qu'il était comme un avare qui aime les fleurs, qui se promène avec de l'argent dans les poches, qui traîne autour des boutiques de fleuristes pour sentir gratuitement les roses et les œillets sans jamais rien acheter.

Un homme comme celui-là est capable de rester des heures devant une vitrine à regarder un gardénia qu'il pourrait facilement se payer. Mais pourquoi voudrait-on avoir un gardénia, se demande-t-il, et qu'est-ce qu'on peut faire avec ? Un tel homme se rapprochera tout près de la porte d'entrée de la boutique, il franchira peut-être même le seuil, juste pour regarder. Il demandera le prix d'un gardénia à l'employé et il saura qu'il pourrait en acheter sept. Ce gardénia attend d'être acheté, mais pas par lui ; pas s'il n'y a aucune raison pratique à un tel achat. Et puis, c'est tellement plus profondément satisfaisant de ne pas le faire.

Une histoire à l'ancienne

Les Rodker avaient un fils, Nelson, que tout le monde appelait Nellie. Les Leopold avaient une fille nommée Elizabeth. Marshall Rodker et Roger Leopold avaient fait leurs études de droit ensemble et avaient épousé deux anciennes camarades de chambre à l'université. Nelson avait deux ans de plus qu'Elizabeth, et c'était en tout point un enfant modèle. Elizabeth, quant à elle, commença sa vie en étant rebelle, téméraire et passionnée, mais elle était extrêmement jolie, et on ne dit jamais de ces enfants-là qu'ils sont difficiles : on dit qu'ils ont de la personnalité. Les Rodker et les Leopold caressaient tendrement l'espoir que leurs enfants seraient amis et qu'en grandissant ils s'apprécieraient assez pour se marier.

Afin d'assurer leur bonheur à venir, les enfants étaient fréquemment réunis. Si Elizabeth paraissait sur le point de faire une bêtise, Elinor Leopold plaçait une main chaude sur l'avant-bras de sa fille et, avec une petite pression qu'Elizabeth apprit à craindre, elle disait d'un ton doux et décidé : « Ma chérie, et si Nellie et toi alliez jouer au petit chimiste avec sa boîte de jeu ? » Elizabeth n'en avait pas plus envie, pas plus que de voir la collection de timbres de Nelson, ou ses 20 sur 20 en maths, ou la ville qu'il avait construite avec ses Meccano. Plus tard, elle n'avait pas plus envie de prendre des cours de danse avec Nelson ou d'aller à la fête de son école. Mais elle le faisait quand même. Cette pression chaude sur son bras était aussi efficace qu'une gifle, bien que son acquiescement ne fût pas seulement obtenu par ces pressions et par des regards horrifiés. Elizabeth avait commencé à avoir une vie secrète : elle détestait Nelson et elle détestait les Rodker avec une fureur secrète. Même si elle était trop jeune pour se demander si elle incluait ses parents dans ce rejet, elle sentait que s'ils la forçaient à fréquenter Nelson et qu'ils avaient choisi les Rodker comme meilleurs amis, ils devaient d'une certaine façon être contre elle. Dans le même temps, elle s'aperçut qu'ils étaient incroyablement naïfs. Si elle souriait à Nelson, ils étaient heureux et trouvaient qu'elle se comportait parfaitement. Si elle était grossière, elle passait des semaines à souffrir, en proie à des sermons incessants. Elle apprit ainsi à offrir un visage souriant tout en nourrissant le feu de son hostilité. Elle avait compris qu'un après-midi passé avec la collection de timbres de Nelson équivalait à deux après-midi dans le parc avec ses vrais amis.

Les amis d'Elizabeth eurent les oreillons, la varicelle et la rougeole, mais Elizabeth considérait Nelson comme sa maladie infantile. En grandissant, elle commença à se dire qu'il lui avait gâché ses premières années, et à vingt ans elle se rendit compte qu'il avait été un atout. Sans lui, elle n'aurait jamais su comment se protéger complètement de ses parents. Elle apprit de lui le peu qu'il fallait pour les contenter :

Nelson s'habillait chaudement quand il faisait froid. Il préparait un gâteau pour l'anniversaire de sa mère. Il jouait aux échecs avec son père. Apparemment cela suffisait ; cette leçon ne fut pas perdue pour Elizabeth, qui pensait que sous la chevelure propre et ondulée de Nelson se cachait un rat, un lèche-bottes, un traître à la cause enfantine.

Nelson avait un frère plus âgé, James. James avait huit ans de plus qu'Elizabeth et elle le considérait comme un ancêtre. James avait été envoyé dans une école privée pour les enfants de bonne famille brillants et difficiles. Il y apprit à fumer, à conduire une voiture sans permis et à jouer aux cartes pour de l'argent. Quand on sut cela, on retira James de cet environnement néfaste et on l'envoya dans l'une des institutions les plus anciennes et les plus réputées du pays pour tenter une dernière fois de faire de lui un futur meneur d'hommes. Là, il but de la bière, fit exploser des bombes dans des poubelles et traîna avec les filles de la ville. Avant de terminer le lycée, il ajouta à son goût pour le chaos un penchant pour la littérature séditieuse et il rentra chez lui en pérorant sur Marx, sur Mao et sur Huysmans.

À l'université, il prit bien d'autres mauvaises habitudes avant que les vacances de Thanksgiving ne le ramènent à sa famille, y compris la façon de dépenser de l'argent, de boire du vin, de séduire les jeunes femmes et de casser un os ou deux. En dépit de cela, il réussit très bien et obtint son diplôme haut la main.

Le soir de la cérémonie de remise des diplômes, il fut arrêté pour conduite tapageuse en compagnie de certains de ses amis louches et on lui fit passer la nuit en prison. C'était censé lui faire peur. Il fut relâché le lendemain matin et on lui donna ses empreintes dans une enveloppe pour qu'il sache bien que la police sait se montrer gentille envers les jeunes gens qui seront un jour les élus de leur peuple.

Elizabeth suivit la progression de James sur le mauvais chemin grâce à ses parents, qui disaient que James était en train de tuer Marshall et de briser le cœur de cette pauvre Harriet. Nelson parlait de son frère comme si c'était une sorte d'animal pathétique.

Au cours d'une partie de Scrabble, que Nelson dominait, évidemment, il reparla de l'arrestation.

– Pauvres papa et maman. Jimmy s'est fait arrêter, tu sais. Ils lui ont rendu ses empreintes, mais il aura toujours ça sur la conscience et, si un jour on lui demande s'il a été arrêté, il sera obligé de dire oui.

– Pourquoi ça ? demanda Elizabeth.

– Parce que c'est la vérité. Et puis c'est une preuve d'immaturité et de stupidité. C'est aussi facile de ne pas se faire arrêter que de se faire arrêter.

Nelson à l'époque avait presque seize ans. C'était un garçon agréable à regarder, au visage assez peu expressif, qu'Elizabeth trouvait de plus en plus repoussant. Tous ses vêtements étaient propres. Ses cheveux étaient coiffés. Elizabeth savait qu'il soulignait des passages dans des livres, habitude qu'elle trouvait dégoûtante. Quand il lisait, il se tenait bien droit dans son fauteuil en cuir, sous une lumière adéquate, le livre incliné selon le meilleur angle.

Elizabeth, qui lisait sous les couvertures avec une lampe de poche, trouvait aussi sa position dégoûtante.

Après avoir brièvement examiné le plateau de Scrabble, Nelson fit un joli coup en utilisant le mot « blaps », sur lequel Elizabeth avait des doutes, mais qu'elle ne contesta pas. Cela n'avait aucun sens de s'opposer à ce que disait ou faisait Nelson. Il savait tout et ne trichait jamais. En fait, l'une des histoires que préférait Harriet Rodker à son propos concernait un point d'honneur. À l'âge de sept ans, Nelson avait dit à son père qu'il avait volé deux chewing-gums dans le magasin de Mrs Williamson. Son père lui conseilla de les rapporter. « Mais je ne peux pas, avait répondu Nelson. Ça m'a tellement contrarié de les avoir volés que je les ai jetés. » Marshall Rodker avait alors demandé à son fils comment il avait l'intention de réparer sa faute – puisqu'il était entendu, bien sûr, qu'il allait la réparer. Nelson avait répondu : « J'irai voir Mrs Williamson et je lui dirai ce que j'ai fait et je la paierai. » Ce qu'il fit, et Mrs Williamson jura qu'elle n'avait jamais vu un petit garçon plus gentil que Nelson Rodker. Elizabeth était certaine que l'histoire était vraie, à part un détail. Elle était sûre que Nelson n'avait pas jeté les chewing-gums ; elle savait qu'il les avait mangés. Elle était convaincue que, quand ses parents étaient sortis, il prenait un livre de recettes et faisait de la purée de pommes de terre pour pouvoir la manger avec les doigts.

Nelson alla à une école de garçons et Elizabeth à une école de filles de l'autre côté de la rue, et Nelson se distingua. Il obtint le premier prix en latin, la médaille du bon citoyen, la première place en maths et le titre de meilleur élève de l'année. Pendant ce temps-là, James Rodker, qui ne voyait déjà presque plus ses parents, avait totalement disparu en partant pour l'Angleterre, où l'on pensait qu'il étudiait l'histoire ou l'économie. Seuls les Leopold savaient qu'il n'y avait presque pas de nouvelles de lui. Lors des dîners, on associait son nom et l'histoire économique, mais au cours des parties de bridge, qui réunissaient les Rodker et les Leopold, tout était révélé. En écoutant à la porte de la bibliothèque, Elizabeth apprit qu'à chaque fois que les Rodker allaient le voir à Londres, il venait juste de partir à l'étranger, ou alors il arrivait avec une jeune fille indienne ou orientale qui était de toute évidence sa maîtresse. Elizabeth attendait avec impatience ces parties de bridge. La vie de James la remplissait d'admiration. Avec Nelson comme modèle constamment placé sous son nez, il lui était difficile de ne pas éprouver de l'affection pour quelqu'un qui se comportait comme un vaurien.

Les ravissantes jeunes filles des familles riches et nerveuses sont soignées comme des orchidées, surtout dans une ville comme New York. Elizabeth attendit d'avoir treize ans pour avoir le droit de prendre seule le bus. Ses amis étaient triés sur le volet. La petite O'Connor était commune ; cela ne faisait aucune différence que son père eût obtenu le prix Pulitzer. Le petit Jefferson était un garçon de couleur. Il importait peu que son père fût diplomate. Et ainsi de suite. La seule amie d'Elizabeth à trouver grâce aux yeux de Mrs Leopold était Holly Lukas, dont la mère était une vieille amie. Holly était la seule à avoir le privilège d'être appelée par son prénom. Elizabeth ne ramenait donc jamais ses vrais amis chez elle, puisqu'à l'exception d'Holly, ils étaient tous infréquentables : enfants de divorcés, fils et filles de gens qui avaient des goûts politiques ou religieux bizarres, ou de producteurs de films sur la liste noire. Elizabeth apprit à la dure que ces enfants seraient mal accueillis chez elle. Cela aurait pu entraver sa vie sociale, mais aucun de ses amis ne voulait recevoir chez eux. Ils avaient vite compris que le meilleur endroit pour avoir une vie privée, c'est en public.

Et puis, il y eut l'incident de l'école d'équitation Fifield. Comme la plupart des filles de son âge, Elizabeth se toqua des chevaux. Elle ne voulait pas partager cette passion avec ses parents, qui pensaient qu'il était largement suffisant d'aller monter une fois par semaine, alors elle conclut un marché avec l'école : en échange d'une leçon gratuite, elle nettoierait les box chaque mardi. Cependant, sa mère, qui lui avait acheté un équipement coûteux, n'était pas au courant. Elizabeth transportait cette tenue d'équitation dans un sac à dos avec sa vraie tenue : un vieux jean et un pull fatigué.

Il apparut bientôt qu'Elizabeth rentrait tard un après-midi de plus par semaine en puant le cheval. Elle fut contrainte d'enlever ses jodhpurs à l'entrée de service, et quand ceux-ci ne trahirent rien, une fouille fut conduite et le jean infamant découvert. Mrs Leopold se mit alors à interroger sa fille. Elizabeth resta muette. La moindre référence au fumier et c'en était fini de l'équitation. Mais le fumier n'était pas le souci premier de Mrs Leopold et, en fait, quand elle sut que son bébé immaculé passait un jour par semaine en compagnie d'une fourche, elle fut relativement soulagée.

– Qui travaille à l'écurie ? demanda-t-elle.

– Tu sais. Mr Fifield, cette fille, Franny Hatch, et des garçons.

– Des garçons ? Quels garçons ?

– Oh, tu sais bien. Douglas Fifield et Buddy, celui qui fait tourner les petits au manège.

Les questions se succédèrent jusqu'à ce que Mrs Leopold pose celle qui lui importait vraiment : « Est-ce que ce Douglas ou ce Buddy ont déjà essayé de te toucher ? »

Elizabeth avait alors quatorze ans et il était évident que Mrs Leopold ne s'inquiétait pas des garçons mais d'Elizabeth elle-même. Quel étrange désir pouvait pousser une jeune fille à passer son temps à travailler dans une écurie ?

De plus, c'était une époque où les parents croyaient qu'ils devaient être amis avec leurs enfants. Quand Elizabeth s'intéressa aux oiseaux ou au patin à glace, on lui commanda du papier à lettres orné d'oiseaux ou de patins au cas où elle souhaiterait écrire à des gens de sa famille. Cette violation de l'intimité, que les étudiants radicaux appelleraient plus tard la cooptation, semblait inoffensive et bien intentionnée, et était pratiquée par la plupart des parents.

Quand Elizabeth alla à l'université, elle goûta à la liberté pour la première fois. Alors que d'autres filles soumises aux mêmes contraintes qu'elle se mettaient à faire n'importe quoi, Elizabeth adorait être tranquille et pouvoir lire tout ce qu'elle voulait jusque tard dans la nuit. Les Leopold n'avaient rien contre les livres, mais les habitudes de lecture d'Elizabeth lui valaient une fatigue oculaire et un mauvais maintien, et puis tout ce temps passé à lire faisait pencher le corps d'un côté. Il fallait aussi faire du bateau, savoir s'habiller, parler une langue étrangère et bien jouer au tennis. Puisque Elizabeth n'avait jamais eu le luxe de lire sans être dérangée dans sa propre maison, elle avait peu de temps à l'université à consacrer à l'alcool ou aux garçons.

Quand elle rentrait chez elle pour les vacances, elle était la bienséance personnifiée. À vingt ans, alors qu'elle était plongée dans sa première histoire d'amour, elle était assez adulte pour ne pas appeler son bien-aimé dans le Vermont, de peur que ses parents ne le repèrent sur la facture téléphonique. Ils attachaient beaucoup d'importance à la maturité. S'ils savaient quelle sorte d'adulte Elizabeth était devenue, ils en auraient été totalement atterrés. Elizabeth souriait de manière charmante et se comportait à la perfection.

Sa mère n'était pas entièrement satisfaite. Comme toutes les mères, elle avait l'impression que sa fille ne lui disait pas ce qu'une fille devrait dire à sa mère. Cela l'agaçait de savoir Elizabeth loin d'elle à l'université et de ne pas pouvoir passer en revue ses copains de fac. Mrs Leopold savait qu'elle devrait attendre que quelque chose éclate : Elizabeth voudrait aller faire ses études à l'étranger, ou partir pour l'Afrique, ou bien elle se fiancerait à un jeune homme peu convenable. Mais Elizabeth ne fit rien de tout cela. Elle obtint son diplôme, revint à New York et trouva un travail.

La décision de revenir à New York ne fut pas facile à prendre, mais elle aimait New York et elle voulait en profiter comme elle l'entendait. Elle alla à la banque de son père, elle se servit en garantie d'un bracelet de diamants et de saphirs que lui avait laissé sa grand-mère, et elle emprunta assez d'argent pour pouvoir louer un appartement dans une petite rue de Greenwich Village et pour vivre jusqu'à ce qu'elle ait un salaire. Grâce à un ami du père de la petite O'Connor, celui qui avait obtenu le Pulitzer, elle trouva un emploi dans une maison d'édition et se mit au travail.

Cela étonna ses parents. Les filles de leurs amis faisaient part de leurs fiançailles dans le *New York Times*, et celles qui travaillaient dans l'humanitaire ou qui poursuivaient leurs études supérieures étaient rangées sous l'étiquette « Service utile », comme si elles étaient entrées au couvent ou qu'elles se consacraient aux pauvres, suivant l'exemple de Jane Addams, qui, après tout, venait d'une bonne famille riche. Elizabeth les surprit encore davantage en refusant d'accepter un cent de leur part, bien que Mrs Leopold sût la vérité : donner de l'argent à ses enfants est une manière de se les attacher. Il était déconcertant, à tout le moins, qu'Elizabeth ne leur doive rien.

Pour compenser, elle appelait Elizabeth pour voir si elle était bien dans son petit appartement exigu dont le chauffage était sûrement insuffisant. En été, elle était certaine qu'Elizabeth suffoquait et elle lui offrit un climatiseur. Elle pensait que les services de la voirie travaillaient mal dans cette partie de la ville et elle s'inquiétait auprès d'Elizabeth de ce que mangeaient les jeunes filles.

Elizabeth était ravie. Elle pouvait s'écrouler sur son lit pour lire, sans notes de cours ni textes imposés. Ses amies, qui avaient découvert bien des façons dangereuses et exotiques de profiter de leur liberté, trouvaient cela quelque peu pathétique, mais le comble de la liberté pour Elizabeth était de pouvoir lire ce qui lui faisait plaisir. Les nuits blanches l'épuisaient. L'alcool lui faisait tourner la tête, les drogues la désorientaient ou la rendaient malade, et elle ne courait pas après les garçons. Cependant, elle avait un amant.

Cet amant était son voisin de palier, Roy Wayne Howard, un homme grand avec une moustache édouardienne. Il venait du cœur de l'Ohio et récoltait des fonds pour le Centre de la démocratie de l'Union. À cette fin, il faisait tout pour récupérer de l'argent. Il trouvait des avocats prêts à travailler bénévolement. Il avait un jour témoigné, masqué, au procès de gangsters qui avaient menacé des ouvriers insurgés. Elizabeth, qui était folle de lui, le trouvait héroïque.

Elizabeth était tombée sur Roy dans le voisinage. Les présentations furent faites dans l'épicerie ouverte toute la nuit. Un soir, Roy frappa à sa porte avec une bouteille de whisky et deux verres. Il but presque tout le whisky pendant qu'Elizabeth et lui échangeaient des piques. Après plusieurs soirées comme celle-ci, et plusieurs après-midi à regarder le football à la télévision, ainsi qu'un repas dans un restaurant espagnol miteux, ils devinrent amants et poursuivirent leur relation de manière épisodique. Quand ils étaient ensemble, ils allaient à des combats de boxe, dans des bars, et dans les clubs de jazz que Roy adorait. Au bout d'un mois de cela, Roy disparaissait. Il s'avérait inutile de sonner à sa porte et de chercher à lui parler. Les semaines s'écoulaient jusqu'à ce qu'ils se retrouvent par hasard et que leur relation reprenne.

Cela dura un an. Elizabeth était amoureuse de Roy et elle souffrait de cette relation épisodique. Elle en parla à Holly Lukas.

– C'est insupportable, gémit Elizabeth. Pourquoi est-ce qu'il me fait ça ?

– Je te le dirais bien, répondit Holly, mais tu n'as pas envie de le savoir.

– Mais si.

Holly, qui aimait beaucoup Roy, expliqua alors à Elizabeth :

– Pour une fille intelligente, tu as un cerveau très sélectif. Tu es comme ta mère. Tu aimes voir les choses de la façon qui t'arrange le plus. Tu penses que Roy a peur de l'intimité, ce qui a un certain cachet, mais la vérité c'est que Roy t'apprécie un peu trop, et quand il se rend compte que c'est sans issue, il bat en retraite, dans votre intérêt à tous les deux.

– Qu'est-ce que tu veux dire, dans notre intérêt à tous les deux ? demanda Elizabeth en cherchant son mouchoir.

– Roy est merveilleux. N'importe quelle personne sensée aimerait Roy. Mais Roy boit trop. Roy s'habille mal. Roy veut être un héros solitaire. Roy t'a dit que son idée du bonheur était de partir sur une île du lac

Michigan avec une radio et une caisse de scotch. Tu n'épouseras jamais Roy, et Roy ne t'épousera jamais. Puisque vous êtes vieux jeu tous les deux, ça finira par vous rattraper, tôt ou tard.

– Oui, c'est vrai. Et si je suis avec Roy, je n'ai pas besoin d'être avec quelqu'un d'autre.

Holly lui avait dit cela auparavant.

– Exactement, dit Holly. Si tu épousais Roy, vous seriez tous les deux malheureux. Accepte le fait que tu as une liaison qui a de bons côtés, mais qui ne te mènera nulle part.

Elizabeth reconnut que c'était la vérité, mais elle continua à aller à des combats de boxe et dans des bars avec Roy de manière intermittente.

Pendant ce temps, une fois toutes les trois semaines environ, elle dînait avec Nelson. Comme ça, si sa mère lui demandait : « Est-ce que tu vois quelqu'un ? Un charmant jeune homme ? », elle pouvait répondre en toute honnêteté : « Oui, je vois Nelson. »

Nelson l'appelait le mercredi pour l'inviter à sortir avec lui le samedi. Il portait toujours un élégant blazer et un pantalon magnifique. Elizabeth avait du mal à admettre qu'il était agréable à regarder, mais c'était la vérité. Un soir, Nelson, qui avait été major de sa promotion à la fac de droit, parla de son travail de bénévole en prison.

– Tu vas dans les prisons habillé comme ça ? demanda-t-elle.

– Oui, et je porte aussi ma montre.

Ladite montre était en or et très lourde ; c'était une relique de la famille Rodker.

– Les prisonniers doivent vraiment t'adorer.

– En fait, oui, parce qu'ils profitent gratuitement des services d'un excellent avocat. Pourquoi est-ce que je me changerais pour aller en prison ? Si on me faisait la même chose, j'aurais l'impression qu'on se montre condescendant envers moi.

Elizabeth avait du mal à avaler cette histoire de prison. Elle ne trouvait rien à redire à ce que faisait Nelson, et pire encore, il ne s'en vantait jamais. Elle aurait tant aimé qu'il devienne avocat d'affaires, qu'il vote républicain et qu'il vomisse le socialisme, ce fléau rampant. Au lieu de cela, il gagnait beaucoup d'argent *et* faisait du bien autour de lui. Il n'y avait rien qu'elle pût lui reprocher.

Nelson l'emmenait toujours dans un bon restaurant et l'invitait chaque fois, mais il expliqua : « On m'a dit que tu vivais de ton salaire, et puisque je gagne trois fois plus d'argent que toi, c'est idiot que tu payes la moitié. Si tu voulais être équitable, tu m'inviterais à dîner. Ta mère a dit à la mienne que tu cuisinais bien. »

Ce sujet irritait Elizabeth. Elle avait invité ses parents à dîner, après avoir soigneusement dissimulé tout ce qui pourrait paraître louche. Toute trace de contraception fut enfermée à double tour. Tous les livres que sa mère pourrait prendre en disant « Ma chérie, tu ne lis quand même pas ça ? » furent cachés à l'abri des regards. Seules quelques bouteilles d'alcool furent rangées sous l'évier. L'absence de bouteilles aurait signifié qu'Elizabeth n'avait pas de vie sociale. Trop, cela aurait voulu dire qu'elle buvait trop, qu'elle traînait avec des gens qui buvaient trop.

Mrs Leopold, qui appelait ces repas les « petits dîners improvisés d'Elizabeth », disait à sa fille : « Je ne sais pas où tu as appris à utiliser les épices d'une manière aussi originale », ce qui sous-entendait que ce n'était certainement pas auprès d'elle, et aussi que les épices étaient communes, et que la vraie nourriture, celle que mangeaient les personnes de goût, était soit américaine, soit française.

Elizabeth n'avait donc aucune intention d'être équitable et d'inviter Nelson à dîner. Elle se disait que c'était sans doute un espion. Cela étant, ces dîners avec lui n'étaient pas désagréables, mais après les plus plaisants, Elizabeth mettait un point d'honneur à se changer après que Nelson l'eut raccompagnée jusque chez elle, avant d'aller frapper à la porte à côté chez Roy Howard.

Au début du mois de décembre, Roy Howard déménagea. Il promit de rester en contact avec elle. Elizabeth se mit à pleurer. Roy lui dit : « Je t'aime à ma façon, mais pas d'une façon qui débouchera sur quelque chose. » Puis il l'embrassa, et elle comprit qu'il continuerait à revenir de manière intermittente. Ce déménagement l'affecta beaucoup. Elle vit Nelson un peu plus souvent. Il l'emmenait se promener à la campagne en voiture ou à pied, ou il l'invitait à dîner. Il lui parlait de son travail à lui et de son travail à elle. C'était un compagnon idéal quand elle n'avait rien d'autre à faire, et Elizabeth commença à le voir comme un vieil ami, l'un de ces amis qui vous relient à votre passé. Au cours de l'une de ces promenades en voiture, il lui révéla que James revenait pour Noël.

Au départ de Roy Howard correspondit une attaque de sa mère, qui débarqua un jour au bureau d'Elizabeth pour l'emmener déjeuner.

Bientôt Elizabeth picorait une salade dans un salon de thé pendant que sa mère la cuisinait délicatement. Pourquoi avait-elle l'air si fatigué ? Avait-elle du mal à dormir ? Fallait-il prendre un rendez-vous avec le Dr Goldhauer ? Ses employeurs lui demandaient-ils de travailler jusqu'à épuisement complet ? Mrs Leopold avait le chic pour sauter sur sa fille au moment où celle-ci était le plus vulnérable. « Je vais bien. C'est juste que la semaine a été difficile au boulot », répondit froidement Elizabeth.

Les yeux de Mrs Leopold se rétrécirent ; c'était la guerre. Auparavant, cela aurait entraîné des interdictions : interdiction d'aller au manège, interdiction de téléphoner. À présent, cela signifiait un sermon, ce qui était la seule méthode qui restait à Mrs Leopold dans sa quête futile de renseignements. En fait, elle voulait savoir si Elizabeth était malheureuse en amour, mais puisqu'elle n'aborderait jamais le problème directement, elle se rabattit sur la question de la loyauté familiale et du manque d'attention qu'Elizabeth portait aux autres.

Elizabeth et Holly appelaient ces sermons les Dix Commandements maternels, qu'elles avaient tous enfreints : « Tu diras tout à ta mère. Tu vivras tout près de chez ta mère. Tu ramèneras tes amis à la maison pour que ta mère les inspecte. Tu lui parleras de ta vie sentimentale. Tu t'habilleras selon le style de ta mère. Tu seras constamment débitrice envers ta mère de petites et de grosses sommes. Tu seras toujours farouchement loyale envers ta famille. Tu confieras tes soucis à ta mère pour qu'elle puisse devenir hystérique. Tu emprunteras la femme de ménage de ta mère. »

Le déjeuner se passa mal, et Elizabeth et sa mère étaient toutes les deux en colère quand elles se quittèrent.

La fête de Noël des Rodker avait lieu une semaine plus tard, et Elizabeth était prête à tout. Dans un premier temps, elle acheta une robe en velours noir décolletée devant et derrière et sans manches. Ensuite elle mit un gardénia dans ses cheveux. Elle était très belle, mais sa mère considérait que sa robe était inconvenante et que le gardénia était de trop. Nelson cependant la trouva ravissante et le lui dit. Elle ne cherchait pas l'admiration de Nelson : son but, c'était James. Elle avait décidé qu'elle avait besoin d'un petit peu de scandale. Il était temps de se débarrasser de sa mère, de choquer les Rodker et d'ôter une bonne fois pour toutes son déguisement de jeune fille rangée. Elle pourrait aussi réduire à néant ce qu'elle pensait être leurs sages projets à son égard : un bon mariage avec ce gentil Nelson, ou avec quelqu'un qui lui ressemblât beaucoup.

Dès qu'elle eut avalé plusieurs coupes de champagne, elle se sentit prête à mettre son plan à exécution. Elle devait d'abord flirter lentement et ouvertement avec James. Puis, s'il était aussi fringant qu'elle se l'imaginait, elle le séduirait et ferait en sorte que tout le monde le sache. Avant qu'il retourne en Angleterre, elle le larguerait. Elle s'apprêtait à se frayer un chemin jusqu'à lui lorsqu'elle sentit cette main sur son avant-bras.

– Chérie, Harriet dit que tu ne lui as pas dit bonjour.

– Harriet peut aller se faire voir, répondit Elizabeth, si stimulée par le Piper-Heidsieck qu'elle fit semblant de ne pas voir la lueur de vengeance dans les yeux de sa mère.

Elle s'approcha de James Rodker. Près de lui, le convenable Nelson n'existait plus. James était blême, torturé, juste le genre d'homme profond et troublé que l'on trouve dans les romans.

– Bonjour, dit-elle avec un grand sourire. J'étais toute petite la dernière fois que je t'ai vu.

– Eh bien ça alors, répondit James, on dirait que tu as grandi ?

Il lui prit le bras et la mena jusqu'à un canapé.

– Alors c'est toi la petite copine de Nellie, dit-il. J'ai beaucoup entendu parler de toi.

– J'entends parler de toi depuis toujours, dit Elizabeth.

– Tu sais ce qu'on va faire ? Dès que tout le monde est arrivé, toi et moi on sort boire un verre et on se raconte tout ce qu'on a entendu dire. OK ?

– D'accord, répondit Elizabeth, même si ce n'était pas exactement ce qu'elle avait prévu. James lui avait coupé l'herbe sous le pied.

Tout se passa relativement bien. Ils sortirent en même temps sous le prétexte d'aller chercher de la glace et eurent le plaisir de voir les lèvres d'Harriet Rodker se pincer, mais avant qu'elle eût pu prononcer un mot, Elizabeth et James étaient dans l'ascenseur.

Il l'emmena dans un bar, au coin de la rue, un endroit terne et recouvert de boiseries ; le genre de lieu où l'on emmène son fils après un match de hockey. Ils s'assirent dans une alcôve en bois et burent lentement leurs bières en silence. James alluma sa pipe et sourit d'un air entendu.

– Alors c'est toi. La petite jeune fille réservée pour mon frérot.

– Je ne suis réservée pour personne.

– Non, après réflexion, c'est peu probable. Les filles comme toi visent plus haut. L'amour ou l'argent, ou si possible les deux.

– Je ne vise rien du tout.

– Qu'il est rafraîchissant de parler à quelqu'un d'aussi jeune que toi. Maman m'a supplié d'être gentil avec toi.

– Au lieu de faire quoi ?

– Au lieu de te traîner par les cheveux, de t'assommer et d'attraper une MST, ou de t'en donner une.

– Tu as eu beaucoup de MST ?

– Oh, plusieurs. J'en ai eu à Hong Kong, à Saigon et dans la ville de High Wycombe.

Il posa sa pipe éteinte sur la table.

– Les petites filles comme toi… oh, pardon, les femmes comme toi sont censées rougir, ou est-ce que cela ne se fait plus ? Sans doute pas.

Elizabeth se rendit compte que James, le héros romantique, était passablement saoul. Il commença ensuite un long discours sur la famille nucléaire, en citant de longs extraits en français d'un sociologue dont Elizabeth n'avait jamais entendu parler. Puis il se lança dans une explication de l'économie anglaise, et Elizabeth comprit que, bien que blême, il était extrêmement ennuyeux.

Soudain il regarda Elizabeth droit dans les yeux. « Je peux avoir les clés de ton appartement ? » demanda-t-il. Et sans attendre la réponse, il poursuivit : « Donne-les moi. »

Elizabeth était assez âgée pour avoir été draguée à de nombreuses reprises. Les hommes qu'elle préférait étaient ceux qui étaient directs, suffisamment courageux pour dire ce qu'ils voulaient. Elle était certaine que James Rodker voulait ses clés pour curer sa pipe avec. L'aisance avec laquelle il avait posé la question indiquait que c'était une recette maintes fois utilisée. Si la fille lui tendait ses clés, il curait sa pipe. Si elle hésitait, James prenait cela pour un encouragement et finissait par se servir de ses clés pour venir coucher avec elle. Elizabeth lui donna ses clés et regarda James gratter les cendres de sa pipe.

– Petite futée, dit-il.

– Je crois que nous devrions rentrer, dit Elizabeth, qui commençait à avoir sommeil.

Elle était profondément déçue. James n'était pas un homme avec lequel elle avait envie de flirter, et elle sentait venir un rhume.

– Pas si vite, dit James. Je vais te parler de toutes ces choses que tu as entendu dire sur moi.

Et il se mit à décrire ses années d'université, l'appartement dans lequel il avait habité à Londres, les filles avec qui il avait vécu à Paris, les filles de bar avec qui il avait couché à Saigon, le travail qu'il avait fait sur son mémoire, et le nombre d'amis célèbres qu'il avait eus. Elizabeth dut réprimer un bâillement.

– OK, dit James en payant l'addition. Retour à la chaleur du foyer. Tu ne trouves pas ça noble de la part de notre gentil petit Nelson de travailler avec les moins fortunés d'entre nous ?

Elizabeth avala sa salive.

– Nelson est un type bien.

– Évidemment, tu n'es pas objective. Nelson est un insecte.

Quand ils revinrent à la fête, Elizabeth se rendit compte qu'ils s'étaient absentés pendant deux heures, et le sourire satisfait de James laissait entendre qu'ils avaient dû commettre quelque bêtise.

Elizabeth passa la semaine suivante dans son appartement, enveloppée dans une couverture. Le rhume attendu s'était matérialisé. En plus d'être malade, elle était en colère. Elle avait appris d'Holly que, pendant son séjour, James Rodker avait découché plusieurs nuits et avait fréquemment mentionné son nom. Il était donc supposé que James et elle commettaient d'autres bêtises. Elle dit à Holly :

– Je sais que j'avais l'intention de le séduire, mais il est juste trop affreux. Et puis regarde ce qu'il a fait ! Il m'a piégée ! Il rentre chez lui pour narguer ses parents et il se sert de moi !

– Inimaginable, dit Holly.

L'après-midi du 31 décembre, Elizabeth s'assoupit, recroquevillée sous sa couette. Dans quelques heures, elle s'habillerait et irait à la fête joyeuse et arrosée qu'Holly donnait tous les ans pour la nouvelle année. Elizabeth n'était pas joyeuse et n'avait pas très envie d'aller à une fête. Elle était plongée dans de sombres pensées, mais en fut tirée par la sonnette de la porte d'entrée. Elle sursauta ; c'était peut-être Roy Howard, qui passait parfois quand il en avait envie. Ce n'était pas lui. C'était Nelson Rodker. « Bonjour, dit-il. J'étais dans le coin et j'ai appris que tu étais malade, alors j'ai pensé que je pourrais passer te voir. »

Cela ne ressemblait absolument pas à Nelson. Il portait un très beau costume et une paire de boutons de manchette en or. Le vent l'avait décoiffé et avait rosi ses joues. Il paraissait en pleine forme, mais sérieux.

– J'imagine que tu es venu voir si je couchais avec ton frère, répondit Elizabeth.

– Tu n'es pas vraiment le genre de fille à coucher avec Jimmy. Il est beaucoup trop ennuyeux pour toi.

– Qu'est-ce que tu en sais ?

– Je ne suis pas venu ici pour me disputer avec toi ou pour surveiller ton comportement.

– Tu es venu par gentillesse pour voir une amie malade.

– Je suis venu parce que j'en avais envie.

– Pour pouvoir faire un rapport à nos parents et leur dire que je suis toujours en vie et que James ne se cache pas sous mon lit ?

– Qu'est-ce qui ne va pas, Elizabeth ? Je te vois toujours comme un esprit libre, et toi tu m'enchaînes à ma famille.

– Tu es ta famille, dit Elizabeth d'un ton boudeur.

– Certainement pas. Je n'aime pas ma famille et je ne l'ai jamais aimée. Ma famille est bête, poussiéreuse et coincée. Tu n'es pas la seule à t'en être sortie en sauvegardant les apparences. Qu'est-ce que tu crois que je suis ?

– Un garçon modèle.

Alors Nelson fit quelque chose de totalement inattendu. Il enleva la couette des épaules d'Elizabeth, il la mit debout et l'embrassa d'un baiser qu'elle n'aurait jamais cru possible de la part de Nelson ou de quelqu'un comme lui.

– Je suis venu te dire que je t'aimais, dit Nelson. Ça fait des mois que je me demande si je t'aime parce qu'on m'a dit de t'aimer ou si je t'aime tout court. Eh bien, je t'aime tout court.

Ils restèrent serrés l'un contre l'autre pendant longtemps, la couette à leurs pieds.

– Je ne sais pas quoi penser, dit Elizabeth.

– Je veux savoir si tu me détestes parce que c'est ce que tu crois devoir faire, ou si tu me détestes réellement.

– Je ne te déteste pas, répondit Elizabeth.

– Tu crois que tu pourrais m'aimer ?

Elizabeth s'aperçut que sa tête était sur l'épaule de Nelson, et que ses bras étaient autour de son cou.

– Ça paraît tellement aller de soi, dit-elle. Mais les choses ne se passent pas comme ça, si ?

– Parfois de vieux amis tombent amoureux, tout d'un coup.

– Ce sentiment que je ressens, quel qu'il soit, semble être arrivé d'un seul coup. Ou peut-être qu'il est venu au fil du temps, sans que je m'en rende compte.

– J'aimerais t'emmener à la fête d'Holly.

– C'est dans plusieurs heures.

– Oh. Je suis sûr que nous pouvons trouver une façon de passer le temps.

– Voilà qui va sûrement surprendre tout le monde, fit Elizabeth.

– Seulement si on le leur dit. Une liaison secrète, c'est une chose, mais une liaison secrète qui vaut le coup qu'on la garde secrète en est une autre. C'est exactement ce qu'il nous faut, tu ne crois pas ?

Ils échangèrent un sourire enchanteur. Debout là, dans les bras l'un de l'autre, ils convinrent que c'était exactement ce qu'il leur fallait.

Intimité

Par une froide journée de la fin mars, un homme nommé William Sutherland buvait un whisky-soda dans le salon d'un appartement de Boston. Martha Howard était perchée sur le bras du fauteuil dans lequel il était assis. Six ans auparavant, elle s'appelait Martha Runyon, elle avait vingt-huit ans et elle était célibataire. À présent, elle était mariée et installée. L'appartement où était William se situait au rez-de-chaussée d'une vieille maison de ville. Un feu brûlait dans la cheminée. Sur le manteau, des narcisses blancs comme le papier tentaient de trouver leur place dans un vase peint. Il avait commencé à neiger ; de gros flocons humides qui tombaient contre la fenêtre avant de fondre.

Martha et William s'étaient rencontrés six ans auparavant à un congrès d'archéologues dans le sud de l'Angleterre. William était en congé sabbatique, loin de son université californienne, de sa femme et de ses deux petites filles. Martha n'était loin de rien. Les quelques objets qui lui appartenaient étaient stockés dans le grenier de la maison de ses parents. Elle n'avait jamais vécu longtemps quelque part ; elle avait l'habitude de voyager. Le congrès dura trois semaines, durant lesquelles William tomba amoureux de Martha et parvint à la faire tomber amoureuse de lui.

Martha n'avait pas bien compris ce qui lui arrivait. Elle était quelque peu solennelle de nature, bien que la vie ne lui ait pas donné grand-chose qui méritât une telle solennité, à part l'amour, qui, d'après son expérience n'existait que dans un état d'incertitude, causait forcément du chagrin, et en général n'était pas réciproque ou se terminait par une séparation ; ce qui dans tous les cas entraînait de la souffrance. L'idée que l'amour pût être facile, aussi facile que l'amitié, la troublait. Personne ne l'avait jamais aimée simplement. Elle avait eu deux histoires d'amour sérieuses, et elle se remettait de la seconde quand elle rencontra William.

William n'était ni grave ni solennel, et le monde l'avait un peu éprouvé : cela faisait douze ans qu'il était marié. Il avait vu mourir son père et sa belle-mère. L'une de ses filles avait failli mourir dans un accident de car scolaire. Il y avait quelque chose de riche en lui ; l'affection lui venait facilement et il en était généreux. Son mariage était indestructible, mais il savait qu'il pourrait être un jour fortement tenté. Il avait eu plusieurs liaisons très brèves, mais le fait est qu'il n'était jamais tombé amoureux d'une femme autre que la sienne avant de rencontrer Martha.

La vue d'une fille aussi grave excita sa curiosité. Elle était grande, le teint mat, et attachait ses cheveux bruns brillants en une tresse épaisse qui lui descendait dans le dos. Au début, il crut qu'il ne cherchait qu'à la faire sourire, mais quand elle finit par sourire et que son visage s'illumina, cet éclat lui donna à réfléchir sur les lois de la causalité. Il savait ce qui venait de lui arriver, mais Martha semblait être une de ces personnes qui apprennent lentement et qui ont besoin qu'on les aide à surmonter une mauvaise expérience. Il lui demanda s'il pouvait l'emmener dans sa voiture de location jusqu'à un pub qu'il avait vu dans la ville d'à côté. Il s'appelait The Sun in Splendour : « Le Soleil dans tout son éclat » – le nom l'avait frappé. Cela semblait être un endroit adéquatement original et sombre pour y emmener une fille. Martha, qui avait assisté à son séminaire et qui avait posé quelques questions, pensa que cette proposition était une façon de poursuivre la conversation. Elle ne se doutait pas qu'il mourait d'envie de l'entraîner loin du congrès et de passer du temps seul avec elle.

Une fois qu'ils furent assis dans le pub, il lui fit la cour mais le visage de Martha parut se figer à la seule idée de flirter et il ne fut plus question de sourire. Elle semblait alarmée. Après plusieurs promenades en voiture et de nombreuses heures de conversation, William lui expliqua ce qu'il ressentait. Le visage de Martha se ferma immédiatement : c'était un homme marié. Elle ne voulait rien avoir à faire avec un homme marié. Elle était troublée et ennuyée par ses attentions. Elle n'avait pas l'habitude qu'on lui fasse des avances, disait-elle. Cela surprit William. Un sourire pareil aurait dû susciter un certain émoi, pensait-il.

Il fallut encore quelques jours à William, mais avec délicatesse et habileté il amena Martha à tomber amoureuse aussi facilement que l'on glisse d'un rocher tiède pour plonger dans une eau claire et douce. Elle savait à peine ce qu'elle ressentait avant d'être dans les bras de William. Une fois qu'elle l'eut reconnu, elle s'habitua au premier sentiment de bonheur en amour qu'elle eût jamais connu. Le beau temps était de leur côté. Ils allèrent en excursion dans la campagne. Ils firent des explorations. Ils consultèrent leur guide et visitèrent des ruines, des châteaux et des monastères. William restait en Angleterre deux semaines après le congrès. La bourse de Martha incluait un an à l'université de Londres. Ils avaient quatre semaines ensemble. Cela accéléra les choses : ils furent sérieux tout de suite, en dehors de tout contexte. Ils avaient l'impression de mener leur histoire d'amour en dehors du temps, au bord de l'univers. En ce court laps de temps ils établirent ce que la période de cour était censée ratifier : la facilité et la confiance qui viennent aux amants suffisamment chanceux pour avoir trouvé un ami en la personne de l'être aimé. Quand William revint enfin en Amérique, ils se jurèrent de rester en contact et, en fait, ils s'étaient écrit régulièrement pendant ces six années.

Martha trouvait tout à fait naturel de s'asseoir sur l'accoudoir du fauteuil de William. La petite maison dans laquelle il avait résidé pendant le congrès avait un grand fauteuil. Tous les soirs, William s'y asseyait pour lire le journal. Martha se perchait sur l'accoudoir et lisait par-dessus son épaule. Il n'avait pas changé : un homme de taille moyenne, aux cheveux en bataille, bien habillé, qui paraissait chez lui partout où il s'asseyait.

Le fauteuil qu'il occupait avait appartenu à une grand-tante du mari de Martha, Robert Howard, qui était à New York pour affaires. William savait tout de Robert. Martha l'avait rencontré à Londres. C'était un économiste et à l'époque il travaillait pour la commission des Affaires étrangères. William savait à quoi Robert ressemblait d'après la photo que Martha avait sur sa table de nuit. Il trouvait intéressant, mais mignon, de garder sur sa table de nuit la photo de la personne qui est couchée à côté de vous. Il fit le tour de l'appartement et vit le bureau qu'utilisaient Martha et Robert, le lit dans lequel ils dormaient. Il s'assit dans le fauteuil de la grand-tante de Robert et regarda les photos de leur mariage.

La séparation de William et de Martha à Heathrow, six ans auparavant, avait été entièrement silencieuse. Ils ne savaient absolument pas s'ils se reverraient. À présent, dans la même pièce, ils ne faisaient que parler, même si la vie de William avait connu moins de changements. Sa fille aînée avait maintenant treize ans. Martha savait à quoi ressemblait sa famille d'après les photos qu'il avait emportées dans son portefeuille. Quelques-unes étaient nouvelles. Martha vit que sa femme, Catherine, s'était laissé pousser les cheveux et elle reconnut les petites filles dont elle avait vu le visage il y avait si longtemps.

Mais ces choses-là (le fauteuil de la grand-tante de Robert, la photo sur la table de nuit, ou celles que William conservait dans son portefeuille) perdaient de leur substance à côté du pur bonheur qu'ils éprouvaient à être réunis. Elle n'arrivait pas à se lasser de le regarder. La tête lui tournait à la pensée qu'elle pouvait fermer les yeux et qu'il serait là quand elle les ouvrirait. C'était merveilleux d'entendre sa voix.

William était venu à Boston pour faire une conférence devant la société d'archéologie. Ils avaient prévu par lettres de se rencontrer. Que pouvaient-ils bien avoir encore à se dire après toutes ces années passées à correspondre ? L'après-midi passa très vite. Martha se leva pour préparer un autre verre à William. Il croisa son regard et sourit. « Tu as toujours ce vieux pull bleu lavande », dit-il.

Elle regarda son pull. L'avait-elle eu en Angleterre ? Il était plus récent que ça, pensa-t-elle. Elle se livra à un calcul rapide. Il avait raison : c'était le vieux pull lavande qu'il avait connu. William lui toucha le coude.

– Je meurs de faim, dit-il. Tu ne m'as pas dit que tu allais m'emmener au restaurant ?

– Je n'ai pas oublié.

– Alors sors-moi de là et montre-moi Boston comme tu me l'as promis. Je suis affamé.

Ils mangèrent de bonne heure. William était fatigué de son vol. Il était descendu de son avion et avait rejoint Martha directement. Elle le conduisit à Cambridge où il résidait chez l'un de ses anciens étudiants. Ils convinrent que Martha viendrait le chercher le lendemain après-midi et qu'ils passeraient cet après-midi-là ensemble. Puis William ferait sa conférence et rentrerait chez lui. William connaissait son emploi du temps : elle avait arrêté l'enseignement pour se consacrer à sa thèse, mais elle travaillait le matin, et William s'était engagé à passer la matinée avec son hôte.

Il recommença à neiger alors que Martha rentrait chez elle. Dès qu'elle fut rentrée, Robert lui téléphona de New York. Plus tard, William appela. « Je ne veux pas que tu viennes me chercher demain, dit-il. J'ai cet endroit pour moi tout seul et je veux passer du temps avec toi en terrain neutre. »

Elle savait exactement ce qu'il voulait dire. Que pouvait-elle faire ? Elle y alla.

La pièce dans laquelle elle entra le lendemain ne contenait rien qu'elle eût déjà vu auparavant ; c'était la maison d'un inconnu. Ce terrain neutre comprenait deux bibliothèques fonctionnelles, un bureau très simple, un canapé et une chaise. À côté du salon, une cuisine avec un plan de travail en bois dur et une étagère en fer forgé qui contenait des tasses. Au bout du couloir, une chambre. Un lit avec des draps rayés bleu et blanc. Une paire de pantoufles, trop grandes pour être celles de William, sous le lit.

– Qu'est-ce que tu en penses ? demanda William.

– Ça montre une certaine idée de la décoration. Qui habite ici ?

– Je ne t'ai jamais parlé de cet étudiant qui croit que l'on peut repérer les sites archéologiques par ordinateur ? Eh bien, c'est lui. Il vient d'obtenir une grosse bourse pour aller à Sumatra cet été.

– C'est sympa, dit Martha. Quelques plumes et un ou deux paniers indigènes feraient des merveilles pour cet endroit.

William la regarda commencer à faire les cent pas. Il avait l'habitude de ce spectacle. La première fois que Martha était venue le voir dans la petite maison qu'il louait, elle avait fait les cent pas pendant une demi-heure.

– Martha, viens t'asseoir, dit-il.

Elle s'assit, non pas à côté de lui sur le canapé, mais sur le fauteuil au dos droit.

– Je n'aurais pas tenu une minute de plus dans ton salon, dit-il. Tu comprends cela, non ? Dans le fauteuil de la grand-tante de Robert.

– J'ai dit que c'était le fauteuil de sa grand-tante ? Je ne m'en souviens pas.

– Tu as dit beaucoup de choses hier, dit William. Tu t'es assise sur l'accoudoir et tu as jacassé.

– Je n'ai certainement pas jacassé.

– Oh que si ! Et moi aussi. Nous avions beaucoup de raisons de jacasser. Mais maintenant nous nous sommes tout dit. J'ai cet après-midi et c'est tout.

Martha restait immobile sur sa chaise. Elle savait qu'il la regardait attentivement. Elle n'avait pas changé : elle coiffait toujours ses cheveux en une longue natte ; elle portait toujours une jupe en tweed et un pull couleur bruyère.

– Mais tout a changé, pourtant, dit-elle. N'est-ce pas ?

– Pas pour moi. Pas après toutes ces années.

– Je suis mariée. J'aime Robert.

– Tiens donc. Tu es mariée ? C'est vrai ? Comme c'est intéressant. Et que fait ton mari dans la vie ?

– Ne sois pas en colère contre moi, répondit Martha. Ne te moque pas de moi.

– Je crois que tu essayes de me dire que tu m'aimes comme un ami et que la moindre petite parcelle de désir que tu as pu éprouver pour moi est morte, c'est bien ça ?

– Non. C'est juste que je ne sais pas ce que je suis en train de faire.

– Je vois. Tu veux dire que je suis un pécheur invétéré puisque tu étais une petite chose pure et innocente, et que j'étais une vieille épave mariée quand nous nous sommes rencontrés.

– Mais je n'étais pas mariée à l'époque, dit Martha.

Elle se prit la tête dans les mains. Des larmes jaillirent de ses yeux. Ce que la vue de William provoquait en elle n'avait rien à voir avec la vie qu'elle vivait. Dans cette vie, elle était une femme mariée et heureuse de l'être. Elle aimait Robert ; elle l'adorait. Elle aimait la décoration de leur appartement. Elle aimait les amis qu'ils recevaient, les voyages qu'ils faisaient, le temps qu'ils passaient ensemble. Mais son désir pour William n'avait pas disparu, loin de là. Le passé était un tunnel ; un long tunnel sombre qu'on arpentait tout seul. Ce qui avait eu lieu entre eux n'appartenait pas au passé.

Il ne lui vint pas à l'idée de dissimuler la vérité à William. Elle aurait parfaitement pu se lever, lisser sa jupe et faire un discours de sortie tout en tripotant ostensiblement et nerveusement son alliance. Oui, aurait-elle pu dire, nous sommes amis à présent et rien de plus, et si tu ne peux pas l'accepter il ne me reste qu'à partir.

Elle connaissait les règles : si vous couchiez avec un homme qui n'était pas votre mari, c'était un adultère, et c'était ce qu'elle et William étaient en train de négocier. Mais c'était entre elle et William. William était là le premier. Elle l'avait aimé avant de rencontrer Robert, et elle croyait que sans William elle n'aurait pas pu savoir ce qu'était le bonheur. Il avait fait se lever le nuage qui l'entourait, et elle lui en était reconnaissante. Après cet après-midi avec lui, elle ne le reverrait peut-être pas avant des années. Elle ne le reverrait peut-être jamais. En quoi cela concernait-il sa vie avec Robert ?

– Te voilà donc une femme honnête, dit William. Et je vais en souffrir.

– Ne te moque pas de moi, William. Je t'aime. Tu sais que c'est vrai.

Elle recommença à pleurer, mais William ne fit pas un geste pour la consoler.

– Écoute, dit-il. C'est très simple. Nous nous aimons toujours. Nous méritons d'être ensemble. Nous sommes tous les deux mariés et nous sommes tous les deux heureux en ménage. Il se passe toujours quelque chose de fort entre nous, et ça ne regarde personne sauf nous. Quelqu'un va être trompé ; toi ou moi, ou Robert ou Catherine.

En fait, c'était aussi simple que ça. Il y avait largement assez de place sur le canapé. Un mouvement, et elle y serait. Elle aurait l'occasion de se rappeler qu'elle aimait l'odeur de William. Elle savait à quel point ce serait facile, que ça paraîtrait tout naturel. Il leur faudrait une série de mouvements légers pour les tirer du canapé, les emmener au bout du couloir entre ces draps rayés bleu et blanc. De plus, une forme de trahison ultime n'avait-elle pas déjà eu lieu ? Quelle était la différence entre coucher avec votre ancien amant et admettre que vous étiez amoureuse de lui, ou ressentir un tel bonheur en sa présence, ou pleurer devant lui dans la maison d'un inconnu – un endroit devant lequel vous passerez peut-être des centaines de fois avec votre mari sans qu'il se doute de rien ?

« C'est à toi de décider », dit William. Il se leva pour se verser à boire et écarta la table de son chemin d'un geste brusque. À cela, Martha comprit à quel point il était en colère.

Elle resta sans bouger sur la chaise dure au dos droit. Elle s'aperçut que le ciel s'assombrissait. La lumière restante était filtrée par les rideaux de l'inconnu. Il allait finir par pleuvoir ou par neiger. Dans la pièce, tout avait un aspect argenté.

Quand William revint avec son verre, Martha se leva. Elle était restée assise de façon si rigide qu'elle avait mal aux genoux.

– Alors, tu vas finir par te jeter sur moi ? demanda William. Ou bien tu t'en vas ? Ou tu vas encore faire les cent pas ?

– J'allais faire les cent pas, mais maintenant je vais me préparer une tasse de thé et je vais jouer la montre.

Encore un moment dans cette pièce insuffisamment éclairée et tout serait terminé, sentait-elle. Ce qu'elle voulait réellement, c'était se saouler. Elle aurait aimé qu'une tempête de neige se lève, les empêchant de sortir ; n'importe quoi qui puisse la décider, en dehors de ses sentiments. Elle remplit la bouilloire de l'inconnu (qui semblait n'avoir jamais servi) et se fit un thé dans une tasse blanche.

L'occupant de cet appartement commençait à révéler sa personnalité. Il avait choisi un canapé bas dont il était difficile de se lever si on était corpulent ou si on avait de grandes jambes, et qui était recouvert d'un tweed rêche qui devait gratter en été. Le tapis du salon était fait de fibres tressées et ne donnait pas envie de marcher dessus pieds nus. Il n'y avait pas de poussière ni de désordre nulle part. Toutes les surfaces semblaient immaculées et résistantes. Sur le rebord de la fenêtre de la cuisine il y avait trois plantes, de celles qui sont coriaces et épineuses et qu'on peut laisser plusieurs semaines sans les arroser. Les papiers sur le bureau étaient soigneusement empilés. C'était le campement d'un jeune homme bien organisé qui se faisait régulièrement couper les cheveux, qui portait une cravate en laine, qui s'égratignait le visage quand il se rasait et qui pensait qu'un appartement était un endroit pour travailler et pour dormir.

Pendant que le thé infusait, Martha s'imagina à la place de William, si elle allait le voir à San Francisco, sur son terrain. Serait-elle heureuse d'entrer dans son cercle de famille ? Elle s'imagina assise dans son salon. Elle se pencha sur le plan de travail de l'inconnu et se demanda quelle sorte de conversation elle pourrait avoir avec Catherine Sutherland. Elle se laissa aller à imaginer la maison de William : une cheminée en pierre noire, une banquette devant une fenêtre sur le palier du premier étage d'où elle pourrait voir des chaussons de danse, des crosses de hockey, des manuels scolaires. Elle s'imagina visitant la maison et debout au seuil de la chambre conjugale.

Devant l'aspect dépouillé de la cuisine où elle se trouvait, elle médita sur la richesse des objets domestiques. Une maison était réellement un bon bouclier, partout blasonné avec le message qu'à l'intérieur on vivait ensemble au quotidien, quelque chose que William et elle ne connaîtraient jamais. Jamais, par exemple, elle ne cuisinerait pour William. Ils n'auraient jamais ce qui doit être le plus grand des luxes en amour : le temps. Ils n'achèteraient jamais rien ensemble et ne voyageraient jamais tous les deux. Maintenant que Martha était mariée, leurs quelques rencontres devraient toujours se dérouler furtivement.

Quoi qu'elle fît, ce serait mal. William avait raison : quelqu'un allait être trompé.

Mais William était là avant son mariage. Il lui avait fait quitter les ténèbres et entrer dans la lumière. Une fois qu'elle avait été dans la lumière, après le départ de William, elle avait rencontré Robert. Il lui avait tout de suite plu. Il était grand et rude, et il semblait assez intrépide dans ses rapports aux autres. Il avait été boy-scout et ne l'avait jamais oublié : il était réellement bon et gentil. De plus, il était sérieux. Il tomba amoureux de Martha et voulut l'épouser. Il avait envie de commencer sa vie d'adulte et il y avait en Martha quelque chose qui lui parlait profondément.

Ils étaient faits l'un pour l'autre. Ils aimaient voyager. Ils aimaient traîner dans les villes tard dans la nuit. Ils aimaient aller se coucher de bonne heure pour se lever une heure avant l'aube afin d'avoir un endroit pour eux seuls. Une fois qu'ils furent mariés et installés à Boston, ils trouvèrent que leurs goûts concordaient. Leur maison représentait un parfait mélange des deux. La vie qu'elle avait avec Robert était pour elle la vraie vie.

Son thé était prêt. Elle l'emporta dans le salon où William l'attendait. En le voyant, elle sentit son cœur se renverser. Il avait l'air triste et plein d'attente. Pendant un instant, ils ne furent que deux amants avec un passé entre eux.

Il sembla à Martha que c'était le premier vrai moment de son mariage ; non pas de son mariage avec Robert, mais de son sens d'elle-même en tant que femme mariée. Elle se sentait divisée en deux parts égales entre la femme qu'elle était à présent et la femme qu'elle avait été. Le monde dans lequel elle avait été la maîtresse de William et le serait à nouveau, l'endroit où elle lui écrivait ses lettres et où elle conservait les siennes – l'endroit où elle se tenait maintenant – n'appartenait qu'à elle.

William avait allumé une lampe. Elle éclairait le visage de Martha, ce visage grave qu'il connaissait si bien. Ce qu'il appelait son air farouche de Quaker avait disparu. Elle paraissait seulement sérieuse et pensive. Il se leva et lui prit la main. Elle était convaincue qu'elle tremblait. Ils allèrent dans le couloir et se rendirent à la chambre de l'inconnu. Dans l'encadrement de la porte, William l'embrassa. Elle lui rendit son baiser, mais il aurait été plus approprié, se dit-elle, de lui serrer la main pour insister sur le caractère formel et grave de l'occasion.

Voyage

Mon mari a appris à aimer voler à l'armée. Il a été envoyé au Vietnam et a survolé le delta avec un copain. Après son service, il est rentré indemne, mais ce n'est pas moi qu'il a retrouvée. Il était alors marié à quelqu'un d'autre et, à son retour, sa femme ne voulait plus de lui. Il dit de cela : « J'ai fait des veuves pendant la guerre, et la guerre a fait une veuve de moi. »

Il exagère un peu, mais c'est un homme qui ne recule pas devant un effet de manches quand cela sert son propos. En fait, ils n'auraient jamais dû se marier. Ils étaient tous les deux élèves à la Juilliard School of Music et envisageaient une vie de partitions et de duos. Quand il est parti pour le Vietnam, il a pensé à la guerre et elle a pensé à lui. S'il avait pensé à elle, s'il n'avait pas été forcé de penser à la guerre, son retour ne l'aurait peut-être pas autant plongé dans la perplexité.

En avion, mon mari aime les moments intenses : la glace, le brouillard, le pilotage aux instruments, les mauvaises conditions météorologiques. Sur les jets, il aime le décollage, l'atterrissage et les turbulences.

Quand nous voyageons, nous prenons un avion de ligne jusqu'à un endroit central, puis nous traversons l'aéroport jusqu'au terminal d'une compagnie locale. Nous sommes allés à Laconia, New Hampshire, sur *Winnesaukee* ; à Bear, Montana, sur *Wild Cat* ; à Myra Springs, Louisiane, sur *Cajun* ; à Fulton, Kentucky, sur *Rebel* ; à Mansard, Oklahoma, sur *Apache* ; et à Bogota, Colombie, sur *El Condor*.

Nous nous sommes rencontrés en voyage ; pour être plus exact, nous nous sommes retrouvés à la même table de la même auberge, après être arrivés au même endroit en avion.

L'auberge était sur l'île Tangier, petit îlot de pêche avec une piste privée au milieu de la baie de Chesapeake. Notre table était pleine d'aviateurs. J'étais venue (pour faire plaisir à ma sœur, qui pensait que je devrais sortir davantage) avec un avocat jovial, ami de mon beau-frère. Il était assis à côté de moi pendant que je me penchais au-dessus de la table pour contempler mon mari.

Mon mari est un pianiste concertiste qui déteste les concerts. Il préfère enregistrer des disques et essaye de vivre en reclus. Il déteste les concerts parce qu'il déteste voyager avec un but. Il n'aime le voyage qu'en lui-même. Il déteste les hôtels, les restaurants des hôtels et les plannings. Quand il était plus jeune, il avait fait plusieurs tournées et il avait eu autant de mal à s'y faire qu'à son divorce. Il avait l'impression qu'il n'y avait pas de centre ; juste une série de villes et de scènes, et aucun point de départ qui soit aussi un point de retour. Une fois de temps en temps, son agent insiste pour qu'il donne un récital au Carnegie

Hall ou au Alice Tully Hall, pour lequel il joue la musique la plus ardue ou la plus inaccessible qu'il peut dégoter – et ses admirateurs semblent ne l'en aimer que davantage.

Son amour des avions a fait vieillir prématurément son agent, enfin c'est ce que dit ce dernier. « Pourquoi veut-il risquer la mort si souvent ? demande-t-il. Ce ne sont pas les vols commerciaux ; c'est ces petits avions bizarres dans lesquels il aime se balader. »

Mon mari veut échapper à la gravité et il s'en rapproche le plus en avion. S'il n'avait pas été pianiste, il aurait été astronaute, pense-t-il, mais il est trop grand. S'il avait mesuré huit centimètres de plus, il n'aurait jamais été appelé sous les drapeaux et il n'aurait donc jamais volé. Après avoir été mariée avec lui pendant trois ans, j'ai commencé à avoir peur qu'il s'écrase ; lui, pas moi, même si nous prenons toujours l'avion ensemble. Mes rêves, qui étaient d'habitude des rêves très ordinaires, se sont remplis d'épaves en feu, de membres arrachés et de la sensation de chute qu'on a parfois avant de s'endormir, d'une chute que rien ne peut arrêter.

Personne ne pensait que je me marierais un jour. Ma sœur et ma mère se faisaient du souci pour moi, mais je ne tombais pas amoureuse facilement ni fréquemment et, les rares fois où cela m'est arrivé, cela n'a mené à rien. Au lieu de cela, ma vie était bien rangée. J'avais un appartement qui donnait sur un jardin et je me rendais tous les jours dans ma Saab d'occasion à un laboratoire d'océanographie biologique à

Riiks Point, à Long Island, où je me livrais à des expériences sur les algues dévoreuses de pétrole.

Ma sœur a dix ans de plus que moi ; mon frère, quinze. Je suis venue après coup et, puisque cela est indéniable, j'ai eu depuis mon plus jeune âge une idée de ce qu'est la sexualité adulte. Quand j'ai appris à l'âge de cinq ans comment on faisait les bébés, j'ai regardé mes parents, si beaux, si stoïques, et j'ai compris ce qu'ils avaient dû faire pour m'avoir. Plus tard, j'ai senti qu'il y avait quelque chose de spécial, quelque chose de particulièrement aimant et intense à propos de ma conception. J'ai été marquée par ce sentiment d'être venue après coup (bien que la surprise n'ait pas été désagréable pour mes parents), comme sont marqués les enfants chétifs ou les enfants de réfugiés, et j'ai grandi en me disant que je viendrais toujours en dernier, l'imprévu qui arrive quand on ne l'attend pas.

Par exemple, quand j'ai rencontré mon mari sur l'île Tangier, il ne m'est jamais venu à l'idée que je le reverrais un jour. Quand j'ai appris à le connaître, il pensait qu'il ne se remarierait jamais, bien qu'à l'époque il ait eu une relation avec une flûtiste aux longs cheveux roux. Il croyait que sa première femme lui avait brisé le cœur de façon irrémédiable.

Je suis grande et bien charpentée, mais mince. En été, je bronze facilement. J'ai passé un an dans un laboratoire d'océanographie biologique en Basse-Californie, et un été à Woods Hole, et chaque fois ma peau a pris la couleur du liège brûlé. Mais l'hiver, elle tire sur le jaune. Mes cheveux sont ce que j'ai de plus beau : très épais, très droits, d'une couleur jaune foncé. Pour cette raison, même si mon prénom est Marguerite, on m'appelait Caramel dans mon enfance.

Le jour où j'ai rencontré mon mari, il a dit deux choses qui m'ont stupéfiée. Après le déjeuner, nous sommes allés faire le tour de l'île en suivant la plage. Les aviateurs restaient ensemble et parlaient d'aviation. Je suis restée avec mon mari. Au bord de l'eau, il a dit : « Tu as une relation très intense avec l'océan », et je lui ai expliqué que j'étais océanographe biologiste. Puis il a dit : « Tu as quelque chose de caramélisé. J'ai remarqué ça à table. »

C'est vrai qu'on peut ressentir une vague d'amour ; ça m'est arrivé. J'ai senti mon cœur s'ouvrir brusquement et j'ai accepté cela. C'est quelque chose qui ne devait pas avoir de conséquences, alors je n'ai pas résisté. Ce jour-là, j'avais une vision particulièrement lugubre de ce genre de choses et je ne croyais pas que les rencontres impromptues ou les accidents du destin pouvaient déboucher sur quelque chose de bien. Mais soudain je me sentais intelligible pour quelqu'un d'autre, qui savait, rien qu'en me regardant, qu'on m'appelait autrefois Caramel et que j'avais un lien avec la mer. Ce n'était que temporaire, mais j'en étais reconnaissante. Tout le monde n'a pas eu un instant de compréhension imprévue sur une île éloignée que l'on ne peut atteindre qu'avec un avion privé.

Avant la fin de l'après-midi, nous avions fait deux fois le tour de Tangier et nous sommes revenus sur la piste pour retrouver nos avions respectifs. Mon mari connaissait mon nom et l'endroit où j'habitais, et je connaissais son nom et l'endroit où il habitait. Nous

nous sommes serré la main alors que nos deux pilotes démarraient les moteurs et que les hélices découpaient l'air.

Je pensais que je ne le reverrais jamais, mais j'avais tort. Il est venu chez moi par un après-midi pluvieux sans prévenir, sans donner de raison à sa visite. Il aurait pu dire : « On ne devrait pas se rencontrer sur une île et puis ne jamais se revoir », mais il ne l'a pas fait. Il a jeté un coup d'œil à mon appartement et s'est installé dans le meilleur fauteuil.

À l'époque, je vivais exactement comme une Amish. Il aurait pu y avoir de la paille fraîche par terre dans mon appartement, qui était situé dans un vieil immeuble de Greenwich Village. Les poutres étaient apparentes et tous les murs étaient blancs. Je n'avais pas grand-chose comme décoration ou comme meubles, et ce n'était donc pas entièrement ma faute si mon appartement semblait tout droit sorti du fin fond de l'Ohio ou de la Pennsylvanie. Ce que je possédais était vieux. J'avais un oiseau en verre que mon grand-père m'avait offert, un leurre vieux de quatre-vingts ans que m'avait donné mon patron de Woods Hole, et la canne à pêche en laiton de mon père suspendue à deux crochets. J'avais une aquarelle de fleurs peinte par ma grand-mère et un tableau représentant un âne, peint par mon arrière-grand-mère. Cela faisait trois ans que je n'avais eu personne à aimer.

Assis dans le fauteuil, mon mari m'a demandé si je voulais bien aller dîner avec lui – si j'avais faim, bien sûr. Sa visite était si informelle que je n'ai pas ressenti le besoin de dire autre chose que la vérité. J'ai répondu que je n'avais pas envie de sortir, mais que je voulais bien lui faire à manger.

Je me nourrissais de façon excentrique. Je faisais égoutter mes yaourts dans de l'étamine pour les concentrer, et ensuite je les mangeais avec du chou macéré dans du vinaigre et des prunes japonaises salées. Je faisais cuire des carottes avec du miel et de l'ail avant de les manger froides. Une personne solitaire a parfois des goûts bizarres. Quand j'avais du monde à dîner, je passais des jours à me demander ce que mangeaient les gens normaux. J'ai servi à mon mari ma nourriture habituelle : un bol de yaourt épais ; une assiette de chou macéré dans du vinaigre, des prunes salées et des carottes froides ; et du poulet préparé comme je l'aimais, avec de la sauce soja, du paprika et des clous de girofle. Il a mangé ce qui était devant lui et n'a jamais dit qu'il trouvait ce repas étrange, ce qui m'a beaucoup touchée. Je n'ai pas pensé une seconde qu'il pourrait avoir les mêmes goûts bizarres que moi, ou ses goûts bizarres à lui. Dehors, des tourbillons de pluie tombaient sans discontinuer. « Je suis venu te demander d'être à moi, si c'est possible », a dit mon mari.

Quand je l'ai regardé, j'ai compris que je n'avais jamais autant voulu quelqu'un de toute ma vie, et je lui ai aussi demandé d'être à moi.

Ainsi, à l'âge de trente ans, en excellente forme physique, avec une excellente formation et un travail excellent, auteur de deux monographies saluées unanimement (l'une sur les algues dévoreuses de pétrole, l'autre sur le mécanisme régénérateur des étoiles de mer), je me retrouvais liée à un grand pianiste distant, lunatique et irritable, qui, au moment où nous voulions être l'un à l'autre, vivait en haut de West Side avec une flûtiste. Je n'ai appris ce détail que des semaines plus tard, alors que mon mari et moi étions l'un à l'autre dès que cela était possible. Je n'ai jamais su son nom. Quand j'ai eu conscience de son existence, il y a eu des fois où mon mari n'appelait pas quand il avait dit qu'il le ferait, ou il appelait pour dire qu'il ne pourrait pas venir comme prévu, et j'imagine qu'il pensait qu'il s'en tirerait parce que j'étais au courant de sa situation.

D'un autre côté, mon mari savait ce qu'il y avait derrière cet appartement bien rangé. Il savait que je m'efforçais de garder de l'ordre dans ma vie et que s'il n'était pas là je poursuivrais mes recherches, j'irais au travail, je ferais égoutter mon yaourt et je vivrais comme je l'avais toujours fait. Il savait que je ne voulais pas m'attendre à quoi que ce soit ; j'avais peur de cela. Il savait que s'il n'était pas là, je reprendrais le cours de ma vie comme s'il n'y était jamais entré.

Mais il avait tort. Il ne savait pas ce qu'il avait fait, alors je le lui ai expliqué, aussi simplement que l'on explique à un enfant que deux plus deux égalent quatre. Je lui ai dit que j'avais un cœur qui pouvait se briser et que c'était ce qu'il était en train de faire. Je lui ai dit que je voulais qu'il me comprenne bien, et en disant cela je me le représentais, quittant mon appartement, et j'imaginais ce que je ressentirais en le voyant s'éloigner dans la rue. Mais il est resté. Il m'a demandé de l'épouser. Puis, il est rentré chez lui et il s'est occupé de la flûtiste. Cinq mois plus tard, nous

nous sommes mariés dans la maison de mes parents et le sentiment qui dominait lors de ce mariage était le soulagement.

Avec le recul, tout est plus facile. Ça n'a pas été aussi simple que ça. Il y a eu un abîme entre la découverte de l'existence de la flûtiste et ma décision d'en parler – j'étais tellement heureuse d'avoir quelqu'un qui m'aimait. Je voulais que ma vie d'Amish soit transformée entièrement mais sans heurt. Je ne voulais pas de claquements de porte ou de cris. Un soir, mon mari et moi avons tranquillement tout déballé ; en tout cas, moi j'ai tout déballé. Il est rentré chez lui et je ne l'ai pas vu pendant une semaine. Ces nuits-là, j'avais tellement peur que cela me donnait l'impression de dormir en haut d'un fil sous tension au cours d'une tempête. Je faisais des listes de ses défauts : taciturne, silencieux, lunatique, refuse parfois de parler, doctrinaire en matière de musique, fréquemment élitiste, a des copines qu'il trompe – avec moi. Je pensais que je n'arriverais jamais à le connaître. D'un autre côté, quand il regardait ma vie, que voyait-il ? Voyait-il un pot de confiture maison fait de plusieurs couches compliquées et soigneusement fermé par un épais bouchon de paraffine ? Comment savait-il à quoi il s'exposait ?

Eh bien, il a quitté la flûtiste sans qu'elle laisse la moindre trace – sur lui. Je n'ai jamais rien vu qui lui appartienne ni aucune lettre écrite par elle. Un jour, il m'a montré un journal qu'il avait tenu sporadiquement, un carnet qui contenait deux ans de sa vie, surtout des réflexions musicales. Il avait vécu avec elle pendant un an et elle n'était jamais mentionnée.

Mon mari avait été incorporé malgré les protestations de son agent, du directeur de la Juilliard, et de plusieurs pianistes de renom. Le président des disques Octagon avait menacé de faire paraître un encart de contestation dans le *Times*, mais mon mari l'en avait empêché. Il n'appréciait pas beaucoup cela ; il ne voyait pas pourquoi il serait exempté parce qu'il avait du talent, alors que ceux qui en étaient dépourvus n'avaient pas le choix. Ce n'était pas vraiment de la noblesse d'âme ; en fait, il voulait surtout qu'on le laisse tranquille. Il n'avait pas d'opinion particulière sur la guerre, mais il avait un peu connu l'existence d'un prodige et il en avait assez d'être traité comme un être à part.

En fin de compte, il a apprécié l'armée. Personne n'avait jamais entendu parler de lui, et il passait son temps à la cantine à jouer *Chopsticks* au piano. L'ironie de ce geste l'amusait. La guerre en elle-même le bouleversait, mais il en était content, car ce bouleversement ne venait pas de son for intérieur. En outre, il ne fait pas très attention à ses mains, contrairement à certains musiciens. Il a passé sa vie à se battre contre ses parents et ses professeurs pour avoir le droit de jouer au base-ball et de mettre en danger ses membres inestimables. L'hiver, il ne porte jamais de gants, et il aime aller pêcher. Les poissons qu'il préfère sont des lutteurs : les bars et les marlins. Il dit qu'il ne s'est jamais senti mieux qu'à l'armée.

Nous ne sommes pas un jeune couple et nous avons une longue histoire personnelle chacun de notre côté. Mon mari se souvient de son premier piano ; un piano d'enfant. Ma famille prenait des leçons devant un énorme Chickering devant lequel nous avions l'impression d'être des insectes et nous avons oublié tout ce que nous avons appris en entrant au lycée. À l'âge de douze ans, je ne jouais pas des sonates de Mozart. Je volais un rouge à lèvres dans un magasin de Kennebunkport, dans le Maine. Mon mari avait trente-cinq ans quand nous nous sommes mariés, et je venais d'en avoir trente et un. Nous n'avions pas de bande d'amis communs. Il s'était lassé des amis qu'il avait à Juilliard, ou bien il les connaissait tant et depuis si longtemps qu'ils semblaient n'être qu'à lui. Ses potes de l'armée vivent dans des endroits comme Ketchum, en Idaho, ou Blue Mountain Lake, à New York, et il ne les voit jamais. Non, nous sommes arrivés avec nos amis respectifs. Nous avons en tête des histoires d'amour différentes. Il a été marié avant moi. J'ai vu des baleines en Basse-Californie ; il a vu la guerre au Vietnam. Cela explique la richesse de notre relation, mais aussi une certaine tristesse. J'aimerais ne pas voyager sur des avions de petites compagnies inconnues (bien que j'aime beaucoup survoler des îles), mais je me dis souvent que plus nous voyagerons dans des endroits inaccessibles, plus nous ressemblerons à un couple qui s'est rencontré au lycée et s'est marié après la fac. Nos histoires personnelles se fondront l'une dans l'autre et nous deviendrons notre point de référence réciproque. Les parties solitaires de ma vie s'effaceront. Peut-être, après que trente ans se seront passés, pensera-t-il que c'était à moi qu'il écrivait au Vietnam, et je penserai que c'est vers lui que je prenais ma vieille Saab pour rentrer de Riiks Point, et mon joli appartement sera comme un arrêt de bus où j'attendais que mon mari vienne me chercher.

En septembre, nous avons pris un jet jaune pour aller à Miami et, dans un coin lugubre de l'aéroport, nous avons trouvé notre petite compagnie, Everglades Airways. Nous devions nous rendre à French Falls. La sinistre salle d'embarquement était gérée par un géant obèse avec les cheveux ras comme un gazon anglais, et un Indien maussade et monosyllabique avec une dent en or. Nos compagnons de voyage attendaient leur minuscule Cessna ; une Cubaine et son enfant, trois Indiens assoupis avec un chapeau de paille et un cigare éteint, un petit garçon dissipé en pantalon de coutil blanc froissé, et nous. Aucun avion ne décollait. Nous nous sommes installés et nous avons attendu que se dissipe la fin d'une tempête tropicale.

Nous avons fini par attendre trois heures. Les chaises se remplissaient de Cubains, de paysans et de pêcheurs. Finalement, les vols ont repris. Huit personnes ont embarqué pour Oopalachia. Six sont parties pour Little Trinidad. Les pêcheurs allaient à Connaught Key. Ils devaient tous attendre que l'Indien morose charge les bagages et que les pilotes terminent leur café. Les pilotes de ces compagnies sont comme des pilotes de moto. S'ils le pouvaient, ils feraient décoller leur avion par n'importe quel temps, mais ils se soumettent aux impératifs commerciaux. Les plus âgés venaient de l'aviation postale, ceux d'âge moyen venaient de l'aviation commerciale et avaient fini par s'ennuyer, et les plus jeunes avaient appris à voler au Vietnam et avaient eu envie de continuer quand ils sont rentrés chez eux.

Finalement, nous avons embarqué pour French Falls. L'avion pouvait accueillir huit personnes, mais nous n'étions que six : la Cubaine et son fils, mon mari et moi, et un couple qui est arrivé au dernier moment : un homme au visage en lame de couteau avec une banane blonde, qui transportait un étui à violon, et sa femme, dont les pommettes dissimulaient les yeux. Ils ressemblaient à deux oiseaux de proie au repos.

Notre pilote s'appelait Ike Fooley. C'était un vétéran trapu avec une moustache. Il connaissait tout le monde à bord à part nous, mais mon mari s'est assis à côté de lui sur le siège du copilote et il a découvert qu'ils avaient été au Vietnam en même temps. Quand nous sommes arrivés à French Falls, nous sommes allés au bar de la pension locale et nous avons dîné avec lui. Il nous a raconté qu'on le prenait pour un crétin dans sa famille. Son père et ses frères travaillaient dans l'acier, à La Nouvelle-Orléans. Il avait économisé assez d'argent pour s'acheter son propre avion. Il en a sorti une photo : un Piper Cherokee rouge et blanc avec *Mon paradis à moi* peint en noir sur l'aile. Il nous a aussi montré un tas de photos de Hué : les photos intenses et déchirantes d'un amateur. Il a dit qu'il ne s'était pas encore remis de ce qui lui était arrivé pendant la guerre, qu'il était lent et qu'il lui fallait beaucoup de temps pour mettre de l'ordre dans ses pensées. Sa moustache s'incurvait vers le bas et donnait à son visage jovial une touche de tristesse. Après le dîner, il nous a appris qui étaient nos compagnons de voyage. La Cubaine était la gouvernante d'une villa à côté de French Falls qui appartenait à l'ancien ambassadeur en poste en Argentine. Le couple rentrait juste d'une compétition de joueurs de violon country à Paris, dans le Kentucky. Ils se déplaçaient pas mal, a-t-il ajouté ; à Nashville et à Muscle Shoals pour enregistrer, mais ils n'aimaient pas beaucoup ça. Le mari lui avait expliqué ce qu'était le violon pour eux : « Quelque chose de joli qu'on met autour de quelque chose de banal. »

Pendant le dîner, le temps s'est détérioré et une autre tempête a fini par éclater. Ike Fooley a appelé Miami pour dire qu'il passait la nuit sur place. Mon mari et lui se sont installés autour d'un verre. Ike a demandé pourquoi nous étions venus à French Falls, et nous lui avons dit la vérité : c'était juste un endroit où aller en avion. Mon mari s'était abonné au magazine *Aviator* pour s'informer sur les pistes d'atterrissage les plus éloignées de tout et sur les compagnies aériennes les plus loufoques. French Falls lui a paru une bonne idée puisqu'il s'apprêtait à enregistrer les *Suites françaises*. Ike trouvait cela parfaitement raisonnable. Mais il a ajouté qu'il n'y avait aucune raison de rester à French Falls, sauf si on y habitait, et il a proposé de nous emmener à Key West le lendemain. Il avait tout son week-end, et, si nous aimions pêcher et faire de la plongée sous-marine, il connaissait un endroit parfait. Le matin, nous pourrions rentrer à Miami avec lui, aller en voiture jusqu'à un aérodrome privé, récupérer son *Paradis* à lui et faire un tour au-dessus des Keys.

Ils sont restés en bas à boire en attendant que la tempête passe et je suis montée dans notre chambre pour prendre un bain avant de dormir. La pièce sentait l'eau de mer et la pluie.

Au lit, je pensais à tous ces endroits dans lesquels nous étions allés comme à autant de jolies choses que l'on mettait autour de quelque chose de banal. L'amour que nous nous portions, mon mari et moi, me semblait très banal ; il n'y avait encore aucun point commun de référence. Il n'y avait que nous deux.

Le lendemain de notre mariage, mon mari a ouvert une vieille malle en osier et a sorti sur le lit un étui à munitions, une partition écornée du *Concerto italien*, un journal relié en cuir et sa ceinture de l'armée ; ses « reliques de guerre », a-t-il dit. Quand il avait une permission, il étudiait le *Concerto italien* et le chantait dans sa tête. Pendant les années 1960, on voyait souvent dans les beaux magazines progressistes des photos d'objets ayant appartenu à des ennemis morts ou capturés, des photos qui étaient censées montrer que l'ennemi aussi était un être humain. Ce désordre sur le lit ressemblait à une de ces photos, mais ces choses appartenaient à mon mari. Je me souviens d'avoir pensé : « Et s'il n'était pas revenu ? et s'il m'était revenu blessé ? » Je n'ai jamais touché une seule de ces choses sur le lit ; je me souvenais que je ne le connaissais pas quand il est revenu, que nous nous étions rencontrés par hasard à un moment où les gens ne pensaient pas beaucoup à la guerre, et si vous disiez que vous aviez fait la guerre ils vous regardaient sans beaucoup d'intérêt, enregistrant un fait qui ne les concernait en rien.

En réalité, mon mari emporte l'étui à munitions, sa ceinture d'armée, le journal, et cette partition du *Concerto italien* chaque fois qu'il prend l'avion. Je les ai vus la première fois un soir quand je défaisais les valises à Shawano, dans le Wisconsin, où nous nous étions rendus avec la compagnie Wolverine, et je les ai toujours vus depuis. Je n'en parle jamais, et lui non plus, mais c'est un fait entre nous puisque je défais toujours sa valise.

Il transporte ces objets et je rêve d'accidents d'avion. Je lis en secret des récits de crash dans le journal, ce qui m'indique que je ne m'habitue pas aux avions, que je suis toujours prise entre l'excitation et la peur. Il sait que je lis le journal à la recherche de ces articles macabres et je sais qu'il emporte ces objets. Tout cela se complète. Quand il ne répète pas et que je peux m'échapper du laboratoire d'océanographie biologique de Riiks Point, nous prenons l'avion pour nous rendre dans un endroit central puis dans un endroit isolé pour que, par un long après-midi morne, lors d'une triste journée d'hiver, je puisse poser cette question : « Tu te souviens de la fois où nous avons survolé Key West avec Ike Fooley ? » Et mon mari peut hocher la tête, dans un moment de compréhension qui n'appartient qu'à nous.

Le père de Delia

Le père de Delia Schwantes ne travaillait pas. Sa mère travaillait – elle enseignait le français à l'école privée où nous allions, Delia et moi. En tant que fille du personnel enseignant, Delia était dispensée de frais d'inscription, alors que nos parents déboursaient des sommes astronomiques pour assurer notre éducation. Plusieurs d'entre nous admiraient la mère de Delia, qui s'habillait avec des vêtements que nos mères ne porteraient jamais : jupe écossaise à plis et pull uni, comme une écolière. Elle coiffait ses cheveux en chignon, et nous n'avions jamais vu personne avant elle qui avait les oreilles percées. Nos mères, qui préféraient les coupes courtes et les clips en perle, disaient que les Françaises, comme la mère de Delia, n'avaient pas besoin d'argent pour avoir du style. Évidemment, les Schwantes n'avaient pas d'argent.

Il y avait aussi un certain nombre de filles qui admiraient Delia elle-même. Elle était très mince et d'une taille inférieure à la moyenne, avec des traits très marqués qui, selon nos mères, lui iraient parfaitement à l'âge adulte. Nous étions de jeunes Américaines bien nourries, aux joues roses, mais Delia avec ses cheveux lisses et pâles et ses yeux un peu tristes semblait être une fée, un elfe, une créature sortie d'un livre d'histoires publié à l'étranger.

Et puis il y avait le père de Delia qui venait parfois aux cérémonies de l'école, mais que l'on voyait surtout en ville. Il portait des chemises en gabardine rose, bleue et marron, avec des cravates en tricot, des pantalons en sergé et des chaussures sans lacets – traits caractéristiques d'un flâneur. Nos pères portaient de solides chaussures anglaises à lacets. Le père de Delia fumait à la chaîne des cigarettes d'importation vendues dans des boîtes plates en fer-blanc. Nos pères, qui pensaient que les cigarettes étaient faites pour les femmes et pour les étrangers, fumaient la pipe et le cigare. Pour certaines d'entre nous, notre première bouffée de masculinité, mis à part les odeurs habituelles de nos propres pères, vint des cigarettes que fumait le père de Delia et de l'eau de Cologne d'importation qu'il utilisait, quelle qu'elle fût.

Nos pères se connaissaient tous, ou donnaient cette impression. Ils étaient partenaires dans le même cabinet d'avocats, ou bien ils appartenaient au même club, ou ils étaient associés en affaires, ou ils étaient cousins, ou bien ils étaient allés à l'école ensemble. Le week-end ils jouaient au golf et au tennis ensemble, et le soir ils se retrouvaient à des dîners où l'on discutait de politique ou des marchés boursiers. Nous n'avions jamais vu personne comme le père de Delia.

Il avait fait partie à Prague d'un groupe d'artistes et de poètes d'avant-garde appelé les Dix Hommes en colère. II avait été poète et journaliste et avait combattu dans la Résistance. Une fois de temps en temps, il publiait une recension ou un poème dans l'un de ces journaux culturels, et il traduisait parfois des ouvrages français ou tchèques. Quand on demandait à Delia ce que faisait son père, elle disait qu'il était écrivain, ce qui nous semblait bien plus merveilleux que banquier, avocat, ou agent de change.

Son père parlait quatre langues : tchèque avec son plus vieil ami (un homme avec qui il jouait aux échecs, sous une forme très rapide appelée « Blitzkrieg »), français avec sa femme, anglais avec sa fille, et allemand avec le tailleur réfugié politique qui lui faisait ses pantalons et ses vestes à moitié prix. Bien qu'il ne considérât pas l'italien comme une langue qu'il maîtrisait, il pouvait passer le temps à discuter avec le vendeur de fruits et légumes.

Il avait des cheveux brillants poivre et sel qu'il ramenait en arrière, dégageant ainsi son front haut et beau. Il était de taille moyenne et paraissait à la fois délicat et fort. À son propos, les gens disaient des choses comme : « Il ne faut jamais faire confiance à un homme qui s'habille trop bien. » Les hommes, c'est-à-dire pour nous nos pères, ne lui prêtaient aucune attention. Son image ne s'imprimait pas sur leurs rétines et, aux cérémonies scolaires, ils passaient devant lui comme s'il était invisible. En revanche, nos mères étaient attirées par lui.

Nous étions les filles de gens parfaitement sûrs d'eux qui avaient de l'argent en guise d'imagination. Nous venions de bonnes familles juives et épiscopaliennes, et nous étions élevées de la même façon. Nous avions tous un petit chien, mais pas trop petit ;

les chiens miniatures étaient pour les nouveaux riches. Nous avions de bons chiens bien solides comme les scotch-terriers, ou bien les teckels, ou les corgis, comme la reine d'Angleterre. Nos mères déjeunaient ensemble, travaillaient comme bénévoles dans des associations et s'impliquaient dans la vie scolaire. Nos pères portaient des chapeaux et semblaient être faits pour être en maillot de bain ou porter le costume trois-pièces. Le genre de vêtements que portait Mr Schwantes leur était totalement inconnu. Pour faire du sport, ils mettaient les tenues très colorées qu'affectionnent les golfeurs et ressemblaient un peu à des clowns. De manière générale, nous ne savions rien de la vie de nos parents : nous ne voyions pas ce qu'ils faisaient de leurs journées. Les adultes visibles à nos yeux étaient Mr et Mrs Schwantes.

Nous ne rencontrâmes pas le père de Delia avant d'avoir commencé à nous promener en ville par nous-mêmes. L'une ou l'autre d'entre nous le voyait dans la rue, ou sortant d'un café ou du bar d'un restaurant, ou entrant dans un musée, et toujours en compagnie d'une femme. Il avait accompagné la sœur de Vivvie Herbert, qui à seize ans était une vraie beauté, au musée d'Art moderne, et ensuite il l'avait emmenée prendre un café dans le jardin des sculptures. Les Herbert interdisaient le café à leurs enfants ; ça les rendait trop nerveux. Le café qu'offrit le père de Delia à la sœur de Vivvie la troubla profondément. Elle l'avala rapidement avant de s'enfuir comme une jeune fille convenable.

Quand j'avais quinze ans, je l'avais croisé dans le zoo de Central Park. Il était devant la cage des lions et il semblait avoir les larmes aux yeux.

On ne saluait pas n'importe comment le père de Delia. Il y avait une manière appropriée, quelque formalité européenne à accomplir pour lui dire bonjour. Je lui tendais toujours la main et je pliais légèrement les genoux, en une vague réminiscence de la révérence que l'on m'avait enseignée quand j'étais petite.

Il me serra la main. « Ah, Georgia Levy, dit-il. Quels jolis noms vos parents vous donnent. Ces noms m'intriguent énormément. »

Il avait les yeux noisette et ils brillaient comme les yeux d'un reptile. Il alluma l'une de ses cigarettes. La boîte en fer-blanc qui les contenait était rouge, blanc et or. Delia avait tellement de chance d'avoir un père qui fumait des cigarettes aussi merveilleuses, et qui lui donnait sans doute les boîtes pour y ranger ses barrettes. Il était évident qu'il attendait quelqu'un. « Je te prie d'excuser ce moment d'émotion. Les animaux sauvages me rendent très sentimental. » Il me prit la main ; on serrait la main du père de Delia pour lui dire bonjour et au revoir. La rencontre était terminée.

Quand Delia disait « mon père », nous n'arrivions pas à croire qu'une créature aussi exotique pût être décrite par un terme aussi simple. On ne voyait plus nos pères dans un zoo ou dans un musée à partir du moment où leurs enfants avaient atteint la puberté. Ils ne se retrouvaient pas dans un bar, mais à leur club. Ils ne traînaient pas dans des endroits publics à attendre des gens. Quand on les voyait, ils nous donnaient une petite tape sur l'épaule ou dans le dos pour nous dire bonjour. Nos pères n'avaient pas l'air de sortir tout juste d'un sommeil dû à des drogues ou à une surdose de sexe. Leurs yeux n'avaient pas cet éclat humide et mystérieux qui fait tressaillir le cœur d'une adolescente comme un poisson que l'on vient de pêcher.

Notre vie sociale était arrangée pour nous. Nous buvions du chocolat chaud après avoir fait du patin à glace, nous allions en groupe au cinéma, nous révisions ensemble pour les examens, et nous invitions des amies à dîner ; des amies qui bien sûr rendaient l'invitation. Quand Delia venait dîner, tout nous embarrassait : les grosses côtes de bœuf bien américaines et sans surprise, avec les pommes de terre au four, la salade insipide au pamplemousse et au cresson, le fait d'être servies par une dame de couleur (que nous appelions par son prénom), et nos ennuyeux père et mère qui essayaient de trouver quelque chose à dire à une enfant dont ils ne connaissaient pas les parents depuis toujours. Surtout cette enfant-là dont le père était un débauché, dont la mère travaillait, et dont les réactions étaient celles d'une petite Européenne douce, correcte, réservée, qui n'avaient rien à voir avec les manières directes et bruyantes dont ils avaient l'habitude.

Quand nous étions invitées chez les Schwantes, nos mères disaient des choses comme : « Ma chérie, tu ne crois pas que ça va être horrible pour Mrs Schwantes de te faire à manger après avoir passé sa journée à travailler ? »

On se changeait avant d'aller dîner chez Delia. Nous avions des domestiques, mais eux ils avaient du style. On passait chez le fleuriste et on prenait une demi-douzaine de roses rouges que l'on mettait (selon les instructions de sa mère) sur le compte de ses parents.

Les repas que l'on mangeait chez les Schwantes étaient merveilleux ; rien à voir avec les banales côtelettes d'agneau et les rôtis en cocotte dont nous avions l'habitude. D'une marmite recouverte d'un vernis marron, Mrs Schwantes servait un ragoût odorant préparé avec du vin. Même les pommes de terre avaient un goût différent dans cette maison, plus de terre que d'amidon. La vinaigrette avait pour nous un goût adulte, pas comme l'accompagnement douceâtre que nous mangions à la maison. En dessert il y avait des fruits et du fromage. Nous ne nous rappelions jamais le nom des fromages, mais si Mrs Schwantes nous l'écrivait sur un papier et que nous demandions à nos mères de l'acheter, ils n'avaient jamais le même goût dans notre salle à manger. Au repas, on nous servait du vin coupé d'eau et, après, nous prenions un café dans un mazagran.

De temps en temps, Vanessa, la sœur de Delia, qui était beaucoup plus âgée qu'elle, faisait une apparition. C'était certainement la fille la plus belle que nous ayons jamais vue. Elle avait vécu à Paris et travaillait maintenant pour un couturier français à New York. Elle fumait des cigarettes à la chaîne comme son père et parlait à toute allure en français à sa mère. Ses brillants cheveux auburn étaient tout bouclés et ses vêtements étaient une version plus moderne de ce que portait sa mère. En comparaison, nos sœurs étaient bien banales. Pour nous, la vie de Vanessa était comme l'une de ces fleurs japonaises en papier qui prennent des formes magnifiques quand on les met dans l'eau.

Vanessa s'appliquait à ignorer son père. Cela le froissait – même nous, nous pouvions nous en rendre compte. Il détestait qu'une jolie femme, même sa propre fille, ne lui prête aucune attention et ne lui permette pas de lui témoigner de l'attention. « Merci, ma chérie », roucoulait-il. Comment faisait-elle pour lui résister ? Il lui parlait, mais elle ne lui répondait pas. Elle n'adressait ses remarques qu'à sa mère, et le silence qu'elle réservait à son père était rempli de mépris. En la présence de Vanessa, il s'effritait légèrement. Ses yeux perdaient un peu de leur éclat, comme un chat primé qui commence juste à avoir la nausée. Il n'avait pas l'habitude d'éprouver de la perplexité face à une femme, même à petites doses. Cela l'épuisait. Delia et sa mère faisaient comme si de rien n'était, et quelqu'un qui n'aurait pas observé les Schwantes d'aussi près que moi aurait pu ne pas remarquer que Vanessa n'adressait jamais la parole à son père.

Cela ne se serait jamais produit chez nous. Si notre sœur avait snobé notre père, notre mère l'aurait entraînée à l'écart pour lui faire un sermon sur l'importance de bien se comporter devant des invités. Nos sœurs revenaient de l'université avec des idées politiques et se disputaient avec nos pères parce qu'ils étaient riches. Si elles ramenaient chez elles un ami étrange, elles se plaignaient que nos pères lui avaient battu froid. Si elles envisageaient quelque chose de nouveau, elles étaient furieuses parce que nos pères étaient ennuyeux. Mais tout se faisait au grand jour. On claquait des portes. On discutait dans différentes pièces. On formulait des menaces. Ça se passe comme ça en Amérique. On s'attend à ce que les petits Américains se rebellent ; c'est sain et ça ne dure pas très longtemps.

Après l'un de ces dîners chez les Schwantes, nos parents nous semblaient aussi solides et bien dessinés que la vaisselle d'un hôtel. Des générations d'air, d'argent, d'eau, de nourriture américains, le lait des vaches Holstein et le processus démocratique les avaient rendus forts et directs, avec une confiance puérile et immuable en la sécurité et en la justesse de leur vie. Mais les Schwantes venaient d'un autre monde qui leur avait donné quelque chose de plus subtil, de moins assuré, de plus raréfié. Ils étaient délicats. Ils avaient de la profondeur et une patine comme la poterie du XIXe siècle. Leur appartement baignait dans une lumière dorée, sombre et trouble, qui leur convenait parfaitement. Tout en eux était hors du commun.

Nous pensions que Delia devait avoir une relation particulièrement intense avec sa mère. Elles allaient souvent à l'école ensemble à pied. Nous trouvions cela très émouvant. Nous étions vraiment séparées de nos mères. Ce que nous faisions à l'école ne les concernait nullement, et ce qu'elles faisaient toute la journée ne nous intéressait absolument pas. Quand nos pères partaient travailler le matin, c'était comme s'ils s'évaporaient totalement. La vie des adultes, pour nous, était symbolisée par un homme et une femme s'habillant (elle dans le dressing, lui sortant ses vêtements de la penderie en cèdre et s'habillant dans la chambre et dans la salle de bains) pour sortir dîner le samedi soir. La vie des adultes était faite de plaisanteries et de références incompréhensibles, de nourriture (comme le café glacé, le Martini, et les steaks saignants) qui nous semblait immangeable, et d'idées qui nous dépassaient, comme l'argent.

Dans ce milieu, les Schwantes nous donnaient notre premier aperçu de la façon dont vivaient les adultes. Nous voyions la mère d'une amie au travail tous les jours. Nous voyions le père d'une amie, en dehors de la présence de cette amie. Nous ne croisions jamais le père de quelqu'un d'autre.

Le week-end, nos pères partaient jouer au golf à Westchester. Ou bien ils travaillaient dans leur bureau à la maison. Mais Mr Schwantes, qui devait pourtant trouver que le week-end était le moment idéal pour travailler à ce qu'il faisait, se consacrait alors entièrement à sa famille. Quand il faisait beau, ils partaient en pique-nique (nous étions parfois invitées) avec un grand panier en osier rempli de sandwichs et de sachets de cresson, des plats de pommes de terre et de saucisses, et une lampe à alcool pour préparer du café. Ils aimaient aller visiter un monument historique, regarder les feuilles changer de couleur, se rendre dans un village particulièrement joli ou intéressant. Le dimanche Mr Schwantes accompagnait Delia et sa mère à la petite église catholique du quartier, puis il allait prendre son petit déjeuner dans un restaurant. Il n'allait jamais à l'église. Puis la famille s'entassait dans la voiture et ils partaient déjeuner à la campagne.

La voiture était vieille, avec des sièges recouverts de feutre gris. L'été, les Schwantes la prenaient pour faire le genre de voyage que nous pensions réservé aux pauvres : ils visitaient l'Amérique en voiture. Nous partions en camp scout, ou nous allions en France vivre avec une famille française bien sous tous rapports, ou nous faisions le tour de la région des Lacs avec une association internationale de jeunes. Mais les Schwantes se promenaient dans leur pays d'adoption. Mrs Schwantes était assise devant et faisait de la frivolité ou de la tapisserie. Delia était derrière avec l'une de ses cousines françaises : Liliane, Sylvie ou Marie-Luc.

Les Schwantes s'intéressaient sérieusement à des choses que nous tenions pour acquises ; la musique, par exemple. L'orchestre symphonique faisait partie de la vie sociale d'une femme. En hiver, nous appelions ces concerts les « défilés de fourrures », car nous voyions nos mères, nos grands-mères, nos tantes et toutes leurs amies se saluer en zibeline, vison d'élevage et phoque. La plus belle musique du monde semblait leur apporter une forme de relaxation : elles aimaient écouter un programme connu bien exécuté – rien qu'elles fussent réellement obligées d'écouter. De temps en temps surgissait une mutante en la personne d'une vraie mélomane, comme moi ou comme Ellie Meyer. La grand-mère d'Ellie Meyer, en fait, avait été autorisée à étudier au conservatoire de Paris avant de revenir bien sagement, d'épouser le grand-père d'Ellie et de se mettre à produire le père d'Ellie. Un soir, lors d'une des fêtes de l'école, la vieille Mrs Meyer avait rencontré le père et la mère de Delia.

Elle se mit alors à partager ses billets avec eux. Elle emmenait la mère de Delia à l'opéra et son père aux concerts. C'était un plaisir de le voir avec Mrs Meyer, qui était très belle et impressionnante, avec une masse brillante de cheveux blancs. C'était la première paire d'adultes que nous voyions ensemble pour des raisons qui n'avaient rien à voir avec le sexe, la famille ou l'argent. Ils flirtaient, se taquinaient, discutaient. Quand on nous demanda d'écrire une rédaction sur l'amitié, je choisis comme sujet la vieille Mrs Meyer et le père de Delia.

Nous vivions presque toutes (à part Delia) les unes chez les autres. Nous étions chez nous partout où nous allions, puisque toutes nos maisons se ressemblaient : les rideaux en soie, les belles aquarelles dans de lourds cadres dorés, les garde-manger, la nourriture, les canapés en chintz, les domestiques noires et les tables basses en noyer, les tapis persans et les gros cendriers en verre, tout était identique. Quand quelque chose se cassait chez nous, c'était toujours avec beaucoup de bruit.

Nous passions les unes chez les autres pour aller à l'école ensemble, mais pour aller chercher Delia il fallait presque prendre rendez-vous, ou attendre qu'elle le demande.

Les Schwantes habitaient plus à l'est qu'aucune d'entre nous, dans une rue bordée d'arbres que nous trouvions tout à fait charmante. Là où nous vivions, il n'y avait que des maisons ou des immeubles. Dans le quartier des Schwantes, il y avait une blanchisserie française, une librairie d'occasion, un antiquaire et un tailleur. Le bâtiment où ils habitaient était en fait une ancienne maison de rapport, avec du carrelage au sol et des plafonds en fer-blanc peint. Contrairement au reste d'entre nous qui avions des pièces supplémentaires, l'appartement des Schwantes avait exactement la taille requise pour loger la famille : un salon, une salle à manger, une petite cuisine et deux chambres. Ils avaient cinq cafetières différentes, chacune pour un type de café différent. Dans la cuisine, il y avait une crêpière, une poêle avec un fond décoré pour préparer une sorte de gaufre, et des pots d'herbes et de fleurs séchées pour faire des tisanes.

Puisqu'ils n'avaient pas de table dans la cuisine, les Schwantes prenaient leur petit déjeuner dans la salle à manger. Nous trouvions cela très élégant, très Ancien Monde. Si on allait chercher Delia, on voyait les restes de leur repas : les deux bols blancs dans lesquels les parents de Delia buvaient leur café au lait, le verre de jus d'orange et la petite tasse à café de Delia, le plateau en verre avec encore deux biscottes dessus, et un pot de confiture. Sur nos tables encombrées du petit déjeuner, on voyait les reliefs d'un grand repas partagé par une famille étendue : des frères, des sœurs, des invités, une tante ou un cousin. À la lumière du matin, on comprenait, d'après leur table, que les Schwantes n'avaient qu'eux-mêmes.

Nos informations sur le père de Delia nous venaient d'élèves dans les classes supérieures dont les sœurs, qui étaient maintenant à l'université ou mariées, avaient (elles, ou des amies à elles) passé un ou plusieurs après-midi avec lui. Nous apprîmes qu'il emmenait des filles qu'il rencontrait dans le bus ou dans un musée prendre un café au salon de thé Hildegard ou au Petit Trianon. Il rencontrait des femmes plus âgées (dont la mère de Jane Dalsimer, disait-on) au Russian Bar ou au Carlsbad Café. Nous trouvions normal qu'il agisse de la sorte. Nos pères n'avaient rien de héros romantiques ; qui aurait eu envie de prendre un café avec l'un d'eux ? Mais le père de Delia… Il était impossible de se le représenter avec quelque chose d'aussi banal qu'un emploi. Si nous avions absolument dû lui donner une profession, nous l'aurions vu en espion. Nous pouvions nous l'imaginer en train de fumer une cigarette, avec un béret ; debout sur un quai de gare, dans l'ombre. Ces images nous venaient des romans que nous lisions et des films étrangers que nous allions voir le samedi après-midi. Nos pères avaient fait la guerre, mais le père de Delia avait combattu dans la Résistance, ce qui était tout à fait autre chose.

Nos rapports avec le sexe opposé incluaient des coups de cœur puérils pour des garçons d'une école quelconque, que nous rencontrions lors de soirées dansantes. Quand l'un de ces garçons vous aimait bien, il sautait sur toutes les occasions pour vous bousculer. Et, si vous l'aimiez bien, vous le gifliez en retour.

Mais sortir prendre un verre, s'asseoir sur une banquette, voir un homme allumer une cigarette ou allumer la vôtre. Des jambes toutes proches sous la table. Tout cela donnait le frisson.

Mr Schwantes appréciait les filles comme Mary Shiller ou Grace Herbert, la sœur de Vivvie, qui étaient célèbres pour leur beauté dans notre école ;

des filles que des dramaturges et des banquiers célèbres invitaient à dîner. Il voyait des filles quand elles terminaient leurs études supérieures, après leur premier mariage, après leur deuxième bébé, après leur divorce. Il aimait non seulement les écolières devenues adultes, mais aussi les femmes riches qui consacraient tellement d'argent et d'attention à leurs personnes qu'elles brillaient. Il aimait les Européennes intéressantes et ravagées qui portaient de beaux vêtements stricts – des femmes plus âgées. Il aimait les filles qui avaient l'air intéressant (parmi lesquelles certaines amies de Vanessa, rien d'étonnant à ce qu'elle le détestât), qui portaient des pantalons, fumaient trop et faisaient la moue. Il aimait les anciennes débutantes grandes et ébouriffées qui semblaient toujours être myopes et les mannequins maigres aux cheveux blond argenté. Quand il était avec sa femme, il paraissait plus tranquille et plein de sollicitude, et lui prenait le bras avec beaucoup de soin. Il restait juste assez près d'elle pour faire bondir le cœur de ses autres conquêtes si elles devaient le croiser quand il était avec sa femme. Cette proximité révélait un lien qu'ils étaient tous les deux seuls à comprendre, mais le fait était que personne ne comprenait rien aux Schwantes.

Pendant longtemps, je crus que mes amies et moi étions toutes semblables, même Delia, cette perpétuelle étrangère. Je croyais que nous abritions un cœur identique sous nos uniformes en tissu écossais, mais j'avais tort. Je m'en rendis compte peu de temps avant mon dix-huitième anniversaire.

Les filles de ma classe passaient leurs examens comme de sages écolières mais j'avais du mal à tenir en place. Je considérais mon départ à l'université comme une aventure. Elles considéraient cela comme une étape vers l'âge adulte, après laquelle on s'installe et on se met à vivre sa vie. Je n'avais jamais manqué un jour d'école auparavant, sauf lorsque j'étais malade, mais pour me donner un aperçu de la liberté qui allait s'offrir à moi, je pris un jour que je passai toute seule. C'était une chaude journée du début du printemps, avec cette lumière pâle et douce qui semble être filtrée par une brume de pollen et tombe agréablement sur les épaules. C'était une journée parfaite pour déambuler dans la ville. J'allai dans mes rues préférées pour voir à quoi elles ressemblaient dans la semaine, et je fus ravie de déjeuner seule au Lillian Candy Shop, un endroit qui vendait des chocolats à l'avant et des sandwichs à l'arrière. Ma tête me tournait de voir, pour une fois dans ma vie, ce que pouvait m'apporter une journée qui n'était pas parfaitement organisée. C'est le père de Delia qu'elle finit par m'apporter.

L'après-midi était bien avancé quand nous nous rencontrâmes et les rues s'assombrissaient dans la lumière bleutée. Une voix derrière moi dit : « Il est si difficile de reconnaître les amies de sa fille quand elles ne portent pas leur déguisement. »

Il était là. Ses yeux brillaient derrière leurs lourdes paupières. Ses beaux cheveux étaient ramenés vers l'arrière. Il portait un pull à col roulé, un manteau en poil de chameau et il fumait une cigarette. Cette rencontre aurait pu être qualifiée d'accidentelle ; mais, en fait, j'étais sur *son* terrain, dans la partie de Manhattan qui est remplie de librairies, de cafés et d'épiceries exotiques. C'est là que le père de Delia recevait ; le Russian Bar était au coin de la rue et le Petit Trianon un peu plus haut. Il aurait été inexact de dire que je le cherchais, mais je devais savoir parfaitement qu'il ne serait pas vraiment difficile de le croiser si je le voulais.

Néanmoins, je paniquai en le voyant. Il était physiquement si proche de moi. J'étais tellement troublée que j'en oubliai de lui serrer la main. J'eus l'impression que le père de Delia savait pertinemment ce que je ressentais. Il me prit le bras comme si nous avions convenu d'aller nous promener ensemble.

– De toute évidence, tu n'es pas allée à l'école aujourd'hui, dit-il. Qu'est-ce que tu as fait ?

J'avais du mal à parler. Je finis par bredouiller :

– La même chose que vous.

Je voulais dire que je m'étais promenée. Il rejeta la tête en arrière et rit d'un rire doux et profond.

– J'espère bien que tu ne fais pas la même chose que moi. Tu es une écolière et je suis un bon à rien. Maintenant viens racheter ma journée de bon à rien en m'accompagnant pour la fin de ma promenade.

Toutes les filles que je connaissais auraient répondu, sans la moindre hésitation : « J'aurais beaucoup aimé me promener avec vous, mais je dois rentrer chez moi. À bientôt, Mr Schwantes. » Il ne leur serait jamais venu à l'esprit de dire autre chose et elles n'auraient eu aucun regret. Mais l'idée de marcher un peu avec le père de Delia me faisait frissonner. J'étais grisée et terrifiée, et pour rien au monde je n'aurais refusé.

Il m'accompagna jusqu'au fleuve et nous descendîmes quelques marches pour rejoindre le quai. Il n'y avait personne au bord de l'eau. Le soleil était couché et le ciel commençait à s'assombrir. Mes épaules tremblaient légèrement ; de froid, pensais-je.

Le père de Delia alluma une autre cigarette et la fumée me donna presque le vertige. Il parlait et je ne prêtais aucune attention à ce qu'il disait. Je l'entendais à peine. J'entendais le bruit de mes pas et les battements assourdissants de mon cœur. Quand il eut terminé sa cigarette, il se tourna vers moi. Ses traits fins et bien dessinés semblaient avoir été créés pour séduire et observer.

Pour certaines personnes, il existe une frontière nette entre l'enfance et l'âge adulte, et je savais que j'étais l'une d'elles. Le père de Delia me prit le bras comme si nous étions en train de danser et me fit pivoter vers lui, tout simplement. J'étais assez grande, les tailles correspondaient donc. Ses yeux brillèrent et il sourit. Il m'attira le long du quai près du mur et, là, il m'embrassa, comme je m'y attendais. Je lui rendis son baiser.

La représentation d'Eros en bébé joufflu, avec de petites ailes et des flèches minuscules, comme nous l'avions vue en histoire de la civilisation, me parut terriblement ironique. Pour la jeune fille encore presque innocente que j'étais, Eros se dressa comme un lynx, donnant aux barreaux de sa cage des coups de ses grandes griffes puissantes et de ses dents redoutables.

Le père de Delia m'embrassa à nouveau. Je lui rendis son baiser. L'odeur de cigarette, de son eau de Cologne, de lui, faisait trembler mes genoux.

Les enfants forment une tribu et l'enfance représente le campement de cette tribu. Un faux pas, et tout est perdu. La tribu continue à avancer sans vous. Vous oubliez le langage de la tribu et quand vous rencontrez l'un de vos anciens amis, il ne vous comprend pas et ne vous reconnaît même pas.

Quelque part, Delia et mes autres amies étaient en sécurité ; elles mettaient la table, elles faisaient leurs devoirs, regardaient les informations, prenaient une leçon de piano, pendant que j'embrassais le père de Delia au bord du fleuve. Il finit par me lâcher et me regarda sans rien dire. La main sur mon épaule, il me guida jusqu'aux marches puis jusqu'à la rue avec la sollicitude que l'on témoigne aux gens qui se sont foulé la cheville ou ont subi une opération chirurgicale bénigne.

Les lampadaires étaient allumés. Il faisait presque nuit. La lumière était face à nous. Mes jambes flageolaient. Si le père de Delia n'avait pas été près de moi, si proche que nos bras se touchaient, je pense que je me serais effondrée. Quelques enfants rentraient chez eux après avoir joué dans le parc, et dans cette obscurité grandissante, ils paraissaient rapides et furtifs, comme ces animaux qui sortent la nuit. La lumière changea. Le père de Delia me prit le bras. Ces enfants insouciants passèrent à côté de nous et je rejoignis pour toujours l'autre côté de la rue.

Sujet mythologique

L'inattendu frappe souvent les personnes circonspectes. Ceux qui sont plus détendus, qui ne passent pas leur temps à tout peser et soupeser, ont l'habitude des accidents, des coïncidences, du hasard, des choses qui leur échappent, de celles qui leur tombent dessus. Ceux-là sont les enfants bénis de la vie, qui la vivent telle qu'elle vient, pour le meilleur ou pour le pire.

Il en va tout autrement de ceux qui croient en la volonté, en une signification globale, en l'intentionnalité, de ceux qui méditent, réfléchissent et délibèrent, qui croient que les accidents n'existent pas, qui sont nés avec une vision claire, ou un tempérament introspectif, ou une conscience impitoyable.

J'appartiens à la première catégorie ; je suis une femme heureuse. Le premier homme qui m'a demandée en mariage s'est révélé être le mari idéal. Peut-être que j'ai pris sans me poser de question ce qui m'est venu, mais en fait mon mariage précoce s'est révélé heureux et durable. Comme couple, nous sommes d'humeur égale, faciles à contenter, curieux, amateurs de bonne chère et de ragots. Edward, mon mari, dirige la société d'importation fondée par sa famille. Nous avons trois enfants qui sont tous en pension. Nous avons une vie sociale intense et notre divertissement préféré est de faire en sorte que nos amis intéressants se rencontrent.

De notre groupe d'amis, celle qui m'est le plus cher est ma cousine Nellie Felix. Je la connais depuis qu'elle est enfant et j'ai été ravie quand elle est venue vivre à New York pour y faire ses études. Après tout, il y a peu de choses plus agréables qu'une parente sympathique. Elle était très enthousiaste, sentimentale et idéaliste. Elle et son avenir constituaient l'un de nos sujets de conversation préférés.

Quand elle avait une vingtaine d'années, elle eut deux histoires d'amour catastrophiques. Ces aventures la surprirent : elle ne se voyait pas comme une sentimentale, mais comme quelqu'un qui cherche l'honneur et la communion en amour. Son idéalisme à ce propos était adorable et plutôt innocent. Elle ne comprenait pas qu'une histoire d'amour pût ne mener à rien. Quand elle n'était pas dans une relation sérieuse, elle était plutôt solitaire bien qu'elle eût un groupe de bons amis.

À l'âge de trente ans, Nellie tomba amoureuse d'un avocat nommé Joseph Porter. Il était séduisant, intelligent et suffisamment fantasque pour rendre la vie intéressante. Nellie trouva en lui ce qu'elle cherchait et ils se marièrent. Nellie croyait à l'ordre, à la tranquillité, au foyer comme port d'attache à l'abri des tempêtes et elle travailla dur, sans toujours en avoir conscience, pour avoir toutes ces choses. Elle enseignait trois jours par semaine dans une université féminine à une heure de New York. Ses étudiantes l'adoraient. Joseph et elles étendirent leur cercle d'amis et, finalement, ils eurent un enfant, une adorable petite fille appelée Jane. Ils vivaient dans une petite maison et leur vie était agréable, bien organisée, confortable, et paraissait facile.

Mais Nellie n'avait pas l'impression que tout cela était facile.

Elle avait ardemment désiré la vie qu'elle avait, mais elle sentait qu'elle aurait très bien pu ne pas l'avoir ; que la décennie précédente n'avait pas été pour elle une quête d'amour mais un désastre sentimental ; qu'il y avait quelque chose en elle qui n'était pas fait pour l'ordre et l'organisation mais pour le chaos. Elle croyait que la surface propre et lisse des choses protégeait du malheur et du désespoir, qu'elle devait constamment être vigilante avec tout, surtout avec elle-même. Elle me décrivit un jour une fontaine qu'elle avait vue lors de sa lune de miel, à proximité de la cathédrale de Barcelone. C'était une fontaine ornementale qui envoyait un jet d'eau constant. En haut de ce jet il y avait un œuf. Nellie voyait cela comme une métaphore parfaite de la façon dont elle considérait sa vie. Sans une vigilance et une attention constantes, sans un examen critique de soi-même et une volonté sans faille, ce qui maintenait en hauteur l'œuf de sa vie disparaîtrait et l'œuf s'écraserait. Elle savait qu'une vie superficielle ne valait pas la peine d'être vécue. Elle ne voulait jamais agir pour de mauvaises raisons, ou sans raison, ou pour une raison qu'elle ne comprenait pas. Elle voulait être lucide, rationnelle, elle voulait croire en des choses qui étaient vraies et non en ce qui l'arrangeait. Quand son collègue Dan Hamilton lui avait dit : « Tu es très dure avec moi », elle avait répondu : « Je suis plus dure envers moi-même, je t'assure. »

Mon mari et moi présentâmes Nellie à Dan Hamilton. Cela faisait un moment que nous essayions de réunir les Porter et les Hamilton, mais ces derniers avaient un emploi du temps très chargé. Miranda Hamilton était décoratrice et travaillait souvent à l'étranger. Dan était historien. Tous les trois ou quatre ans, il publiait un ouvrage grand public sur une figure célèbre de l'histoire coloniale. Au cours des années, ces livres, qui se vendaient très bien, l'avaient rendu riche et il était devenu une sorte d'érudit voyageur. Maintenant que leurs trois fils étaient mariés, ils s'étaient plus ou moins installés à New York. Dan avait arrêté d'écrire quelque temps et venait d'être recruté dans l'université de Nellie, où son arrivée faisait grand bruit ; raison de plus pour les faire se rencontrer.

Ils s'entendirent merveilleusement bien. De chaque extrémité de la table, mon mari et moi regardions, ravis, un dîner parfaitement réussi. Comme ils étaient tous beaux à la lumière des bougies ! Joseph, qui était grand et très bien habillé, était assis à côté de Miranda. Ils parlaient de Paris. Miranda avait noué ses cheveux auburn en un chignon élégant. Elle était mince, nerveuse et chic, et fumait des cigarettes qu'elle retirait d'un petit étui noir. Nellie était assise à côté de Dan. Comme toujours, elle était sobrement vêtue et elle était magnifique. Elle avait des cheveux cendrés et lisses qu'elle écartait de son visage et des yeux noisette pleins de vie et d'expression. Dan, qui était assis à côté d'elle, était son opposé. Si Nellie était immaculée et minutieuse, Dan paraissait un peu clownesque et enfantin. Il avait une masse de cheveux ondulés châtains, cuivrés et gris, et semblait toujours un peu de guingois. Son nœud de cravate était toujours mal fait et les poches de ses vestes pendaient sous le poids des pipes, des livres et de la monnaie qu'il y transportait. Nellie, mon mari et lui plaisantaient de leur côté de la table, et Nellie riait.

Au moment du café, on s'aperçut que Nellie et Dan faisaient cours les mêmes jours. « Dans ce cas, dit Dan, je devrais t'emmener. J'ai horreur d'être seul dans ma voiture et les trains sont sans doute affreux. » Miranda lança alors un regard à Dan que Nellie capta malgré elle. Elle se dit que Dan devait en fait adorer être seul dans sa voiture et qu'il taquinait Miranda en flirtant avec elle.

L'idée d'être emmenée à la fac en voiture la faisait rêver. Les trains étaient effectivement atroces. La première semaine de covoiturage fut pour Nellie et Dan un grand succès. Ils parlèrent de la fac, comparèrent leurs impressions sur les collègues, les cours et la famille. Dan connaissait certains enseignants que Nellie avait eus à l'université. Le temps filait à toute allure lors de ces trajets.

Après deux semaines, Nellie commença à s'inquiéter du coût de l'essence et du péage, et insista pour payer elle-même ou pour diviser les frais. Dan refusa catégoriquement d'en entendre parler, et Nellie proposa alors de lui préparer le petit déjeuner les jours de cours pour compenser un peu. Dan trouva que c'était une très bonne idée. Nellie était une bonne cuisinière, qui préparait des plats simples. Elle donna à Dan des scones, du fromage frais, des muffins à la crème aigre et du café avec du lait chaud. Le jeudi, où ils n'avaient pas à se rendre à la fac avant l'après-midi, ils prirent l'habitude de déjeuner ensemble chez Nellie. Ils s'installaient dans la cuisine et terminaient les restes du dîner de la veille.

Les jours passaient. Ils ne voulaient reconnaître ni l'un ni l'autre à quel point ils appréciaient leurs trajets vers la fac, ou leurs petits déjeuners, ou leurs déjeuners superflus du jeudi. Nellie se disait que cette organisation, bien qu'agréable, était avant tout motivée par des questions pratiques.

Un soir orageux d'automne envahi de nuages violets et de branches secouées par le vent, Nellie et Dan restèrent plus longtemps que d'habitude devant la maison de Nellie. Ils étaient agités tous les deux, et Nellie ne comprenait pas pourquoi elle hésitait tant à sortir de la voiture pour rentrer chez elle. À chaque fois qu'elle se préparait à partir, Dan disait quelque chose pour la retenir. Elle sut finalement qu'elle devait partir et une impulsion incontrôlable lui fit prendre la main de Dan. Poussé par une impulsion pareillement incontrôlable, Dan porta la main de Nellie à ses lèvres et l'embrassa.

La suite fut très simple. Nellie eut la grippe ; ce qui expliquait son agitation. Elle annula ses cours et appela Dan pour l'avertir. Il parut contrarié et, de toute évidence, il n'apprécia pas de changer ses habitudes.

Jeudi elle était rétablie, mais Dan était d'une humeur terrible quand il arriva. Pressé de prendre la route, il engloutit son petit déjeuner. Une fois sur l'autoroute, il se calma. Ils s'aperçurent que Miranda et Joseph étaient tous les deux en voyage d'affaires et que Jane était partie pour deux jours avec l'école. Ils décidèrent de s'arrêter dîner à l'auberge devant laquelle ils passaient toujours, pour voir ce qu'elle valait.

Ce jour-là, Nellie se sentit légère, lucide et remplie d'une énergie frénétique. Elle donna deux des meilleurs cours qu'elle eût jamais faits, mais elle avait l'esprit ailleurs. Elle, qui ne perdait jamais rien, laissa son sac à main dans son bureau et ses cours à la cafétéria. Bien qu'elle retrouvât d'habitude Dan dans le parking, ils s'étaient donné rendez-vous devant le bâtiment de sciences, mais ils oubliaient constamment tous les deux ce qu'ils avaient convenu, ce qui occasionna un certain nombre de coups de téléphone.

Finalement, le soir venu, ils se rendirent à l'auberge. Les fenêtres étaient en œil-de-bœuf et il y avait des fleurs sur le buffet. Nellie et Dan étaient installés près de la cheminée. Ils n'avaient guère d'appétit ni l'un ni l'autre. Ils partagèrent une bouteille de vin en échangeant des propos rapides.

Dehors, la nuit était merveilleusement claire. Le ciel était rempli d'étoiles, et l'air froid et vif sentait la pomme et la fumée. Dan démarra la voiture. Puis il coupa le contact. Les mains sur le volant, il dit : « Je crois que je suis tombé amoureux de toi et, si je ne me trompe pas, tu es tombée amoureuse de moi. »

C'est vrai qu'il y a quelque chose d'indéniable dans la vérité – que tout est indéniable. Même si c'est la pire des choses qui se révèle vraie, son exactitude remplit la conscience de lumière. Ce que Dan avait dit n'était que la pure vérité et cela remplit Nellie d'une vague puissante de joie.

Cela expliquait tout : leur maladresse, la difficulté qu'ils avaient à se séparer, ces déjeuners superflus et ces petits déjeuners élaborés.

« Mon Dieu, souffla-t-elle, je n'ai pas voulu que ça arrive. » Elle se remémora en un instant tout le soin qu'elle avait pris de remplir ses conversations de références à Joseph et à Jane, de dire « nous » et pas « je », de ne pas flirter, de ne pas le provoquer. Comment avait-elle pu ne rien voir venir ? Tomber amoureuse n'a souvent rien à voir avec le flirt. C'est souvent assez sérieux et si les gens qui tombent amoureux sont mariés, la mention d'une famille est souvent moins un étendard qu'un gilet pare-balles.

Ils restèrent assis dans le froid et l'obscurité. Si quelqu'un avait regardé par la vitre, il aurait pu penser qu'ils étaient en train de parler d'une maladie en stade terminal. Nellie fixait le sol. Dan se concentrait sur le tableau de bord. Aucun ne parlait. Ils avaient peur de se regarder ; ils étaient terrifiés de ce qu'ils pourraient lire sur le visage de l'autre. Mais on ne peut pas résister à ces choses-là et ils tombèrent dans les bras l'un de l'autre.

Ils prirent des chemins détournés pour rentrer chez eux, en passant par des petites villes et des villages.

Nellie était assise tout près de Dan, qui avait un bras autour d'elle et conduisait d'une main, comme un adolescent. À chaque stop, à chaque feu rouge, ils s'embrassaient. Ils avaient tous les deux la tête qui tournait et ils se sentaient euphoriques. Ils parlèrent sans s'arrêter ; comme tous les nouveaux amoureux dignes de ce nom, ils comparèrent leurs expériences. Ils se racontèrent l'historique de leur affection : comment Dan avait failli faire une sortie de route un soir parce qu'il contemplait Nellie ; comment Nellie avait eu les larmes aux yeux, sans qu'elle sût pourquoi, en voyant Dan avec un pan de chemise sorti, etc.

Leurs familles étant parties, ils avaient la liberté de faire tout ce qu'ils voulaient, mais ils ne firent que rester debout dans la cuisine de Nellie pour parler. Ils ne s'assirent pas. Quand ils ne parlaient pas ils étaient dans les bras l'un de l'autre et ils s'embrassaient comme l'on boit lorsque l'on a terriblement soif. Nellie éclata deux fois en sanglots ; par embarras, par désir, et par ce terrible excès de bonheur qu'apportent l'amour et la certitude d'être aimé en retour. Nellie savait ce qu'elle ressentait. Elle en était bouleversée en tant que femme mariée, mais ce sentiment était indéniable et elle n'avait pas assez de volonté pour lutter contre lui. De part et d'autre de la cuisine (c'est Nellie qui avait voulu cette disposition), ils se demandèrent s'ils allaient oui ou non se mettre au lit. Ils étaient tous les deux malades de désir, mais ce qu'ils ressentaient était si puissant et paraissait si dangereux que l'idée de donner à ce sentiment une expression physique les terrifiait.

Tard dans la nuit, Nellie renvoya Dan chez lui. Dans deux lits séparés, dans deux endroits séparés, la maison de Nellie et l'appartement de Dan, séparés par un certain nombre de rues et d'avenues, les deux amoureux se débattirent et tentèrent de passer ce qu'il restait de nuit à dormir.

Le lendemain matin, Nellie s'éveilla épuisée et ardente dans sa maison vide. Quand elle s'éclaboussa le visage d'eau pour se réveiller, elle découvrit qu'elle riait et qu'elle pleurait en même temps. Elle se sentait envahie d'émotions, dont l'une était la gratitude. Elle avait l'impression que sa vie lui était rendue, mais par qui ? Et d'où ?

Seule dans sa cuisine, elle mit de l'eau à bouillir pour le thé et pensa à Dan. Elle avait parfois du mal à évoquer son image, et alors elle n'arrivait pas à se rappeler ce qui s'était passé entre eux. Elle but son thé et regarda une mouche attardée en cette fin d'automne voler dans sa cuisine. Quand la mouche se posa sur la table, elle l'observa. La nature miraculeuse de cette bête minuscule, le fait qu'elle fût capable de voler, la complexité et l'originalité des choses, la richesse du monde, la beauté étonnante de la vie, le fait d'être en vie, tout cela s'imposa avec force à Nellie. Elle était remplie à ras bord, comme ivre. L'amour, même condamné, donne un sens nouveau aux choses ; il vous rend la vie, vraiment.

Mais après un certain âge, il n'y a plus de joie pure. Elle savait que si elle n'arrivait pas à réprimer ses sentiments pour Dan, le bonheur qu'elle éprouvait en sa présence serait toujours teinté de tristesse. Elle n'avait jamais été amoureuse de quelqu'un qui n'était pas disponible et elle n'avait jamais été indisponible elle-même.

Elle avait l'impression que son cœur ne battait pas comme il le fallait. Elle pensa qu'elle n'arriverait pas à respirer normalement avant d'avoir entendu la voix de Dan. Quand le téléphone sonna, elle savait que c'était lui.

– Je peux venir prendre le petit déjeuner avec toi ? demanda-t-il. Ou est-ce que tu penses que c'est mal ?

– Bien sûr que c'est mal, répondit Nellie, mais viens quand même.

Ce fut la première fois qu'ils se rencontrèrent en cachette. Vendredi n'était pas un jour où ils avaient cours ; ils se voyaient uniquement parce qu'ils l'avaient voulu. Si Joseph lui demandait ce qu'elle avait fait de la journée, elle ne pourrait pas dire d'un ton léger : « Dan Hamilton est passé. » Cela semblait peut-être parfaitement innocent, mais ils n'étaient plus innocents.

La lumière du soleil qui passait par les fenêtres de la cuisine parut soudain menaçante. Les belles surfaces impeccables parurent soudain précaires et instables. Sa vie, la vie d'une femme heureuse et fidèle, avait disparu en un instant et, même si elle ne revoyait jamais Dan Hamilton, il était évident qu'il lui était arrivé quelque chose d'inaltérable. Elle ne pourrait plus jamais dire qu'elle n'avait pas connu la tentation. Elle se sentait seule au milieu de l'univers, sans mari ni enfant, avec elle-même pour toute compagnie. Sûrement, quand elle verrait Dan, tout retrouverait sa place et tout redeviendrait comme avant. Elle verrait que Dan était son collègue et ami, et qu'une déclaration d'amour ne changeait pas forcément tout.

Dès qu'elle le vit par la fenêtre, elle comprit qu'une déclaration d'amour changeait bien tout, et que Dan n'était plus simplement un collègue et un ami. Ils se précipitèrent dans les bras l'un de l'autre.

– Je n'ai pas ressenti ça depuis l'adolescence, dit Dan.

Nellie ne répondit rien. Elle, elle avait ressenti ça depuis l'adolescence.

– Ça ressemble au paradis, dit Dan.

– Ça va devenir un peu infernal.

– Tu crois ? C'est difficile à imaginer.

– J'ai éprouvé ça deux ou trois fois, dit Nellie. Il y a bien longtemps, dans le monde de l'enfance où tout le monde est célibataire et où rien n'empêche d'avoir une histoire d'amour. On pouvait passer tout le temps qu'on voulait avec celui qu'on aimait. On pouvait avoir le luxe de se lasser de celui qu'on aimait. On avait tout le temps devant soi. Mais nous sommes dans le monde des adultes, celui d'une liaison adultère et furtive. Pas de temps, pas de luxe. Je n'ai jamais vu quelqu'un en cachette.

– Nous n'avons pas à nous voir en cachette. Nous faisons les trajets ensemble.

– Je crois que tu ne te rends pas compte de la rapidité avec laquelle ces choses-là dégénèrent.

– J'aimerais bien le savoir, répondit Dan en souriant. Est-ce qu'on pourrait juste profiter de nos sentiments quelques minutes avant que tout ce malheur furtif ne nous tombe dessus ?

– Je nous donne une heure avant que ça n'arrive.

– Eh bien d'accord. Allons lire le journal. Allons dans le salon et installons-nous sur le canapé comme les célibataires. Je n'arrive pas à croire que tu es sortie ce matin pour aller chercher le journal. Vous devez vous le faire livrer.

– C'est le cas.

– Nous aussi.

Miranda devait rentrer le lendemain, et Joseph en début de soirée. Dan et Nellie s'installèrent sur le canapé au soleil et essayèrent de feuilleter le journal. La proximité physique faisait battre leurs cœurs à toute vitesse. Les amants adultères, sans les soucis, les obligations et les projets qui facilitent le mariage, sont affreusement livrés à eux-mêmes. Ils n'ont rien d'autre à faire qu'à être – les pauvres.

– Regarde-nous, dit Nellie. Les représentants de deux foyers, qui se font tous les deux livrer le *New York Times*, roulés en boule sur le canapé comme deux adolescents.

Ils ne s'embrassaient pas. Ils ne se tenaient même pas la main.

Le canapé était assez grand pour eux deux, avec un petit espace entre eux. Ils conservaient cet espace. Tout semblait clair et sérieux. C'était leur dernière chance de prétendre qu'ils n'étaient rien d'autre que des amis. Deux possibilités s'offraient à eux : ils pouvaient devenir amants ou ils pouvaient ne pas le devenir. Nellie avait l'impression d'être à un moment très important de sa vie. Elle n'était plus une jeune fille forte de ses opinions et de ses idéaux, mais une femme, un être humain mortel pris dans les complexités de la vie même. Nellie et Dan restaient tous deux silencieux. Ils savaient que tout serait terminé quand ils seraient dans les bras l'un de l'autre, mais puisqu'il est plus fort que tout de tomber amoureux hors mariage et que tout le reste n'est que l'ombre de cela, quand ils ne purent plus le supporter, ils allèrent à l'étage dans la chambre d'ami de Nellie et là ils devinrent amants dans le vrai sens du terme.

De toutes les choses terribles dans la vie, la plus terrible pour une personne honorable est de vivre avec un cœur divisé. À certains moments, Nellie avait du mal à croire qu'elle était la personne qu'elle connaissait. Son amour pour Dan lui paraissait pur, mais le contexte qui l'entourait ne l'était certainement pas. À aucun moment elle n'avait l'impression d'avoir eu raison, ou d'avoir bien agi ; elle éprouvait seulement certains sentiments et elle apprit que parfois des sentiments vrais rendent malheureux ; qu'ils s'immiscent dans la vie ; qu'ils causent une grande douleur émotionnelle et morale ; et qu'elle ne pouvait pas grand-chose contre eux. Son amour pour Dan lui ouvrait le monde d'une façon grave et terrible, et la poussait à tout remettre en cause, avec une légitimité parfaitement appropriée : son mariage, son éthique, sa vision du monde, elle-même.

– Tu ne peux pas te laisser tranquille cinq secondes ? demanda Dan. Tu ne peux pas te contenter de vivre un peu ?

– Tu ne veux pas que ça ait un rapport avec ta vie ? Tu crois que nous sommes tombés amoureux sans aucune raison ? Tu n'as pas envie de savoir ce que ça veut dire ?

– Je ne peux pas penser à ces choses de cette façon. Je veux en profiter.

– Il faut que je sache tout. Je pense que le contraire est immoral.

C'est là que Dan avait répondu : « Tu es dure avec moi. »

Toutes les villes sont remplies d'amants adultères. Ils se cachent dans les coins sombres des restaurants. Ils connaissent l'emplacement de toutes les cabines téléphoniques nécessaires. Ils vont dans des endroits où leurs amis ne vont jamais. De temps en temps ils s'enhardissent, et se font repérer par une connaissance compatissante qui a ses propres problèmes et n'en parlera jamais à personne.

Il y a les coureurs et les coureuses, les aventuriers et les aventurières, et les gens qui cherchent à se venger de leur conjoint. Il y a ceux qui n'ont absolument aucune idée de ce qu'ils font ni de pourquoi ils le font, qui croient qu'ils se sont simplement laissé porter par les événements. Et il y a ceux à qui l'amour arrive, de manière inattendue et pas toujours bienvenue, une sorte d'accident terrible comme un incendie ou une inondation. Ni Nellie ni Dan ne s'attendaient à tomber amoureux. Ils l'avaient fait innocemment.

Il y avait des choses pour lesquelles ils n'étaient pas préparés. La première fois que Nellie appela Dan d'une cabine, elle se sentit horriblement mal ; Joseph était à la maison avec un rhume, et Nellie voulait appeler Dan avant qu'il ne l'appelle. Ce coup de téléphone lui fit penser à tous les éléments sordides et dérangeants qu'entraîne une liaison extraconjugale.

Dan souffrit quand il vit Nellie dans la rue avec Jane. Il les aperçut de loin et fut heureux d'être trop loin pour être vu. Cette petite réplique de Nellie l'abasourdit. Il se rendit compte qu'il n'avait jamais vu Jane auparavant, ce qui montrait à quel point la vie de Nellie était éloignée de la sienne. Il était jaloux de Jane, comprit-il. Jaloux d'une petite fille, à cause d'une intimité aussi exclusive.

Quand Nellie rencontra Dan par hasard chez un marchand de vin avec son deuxième fils, Ewan, cela lui fit le même effet. Dan et elle achetaient tous les deux du vin pour un dîner. Ils savaient tous les deux exactement ce que l'autre servait, et à qui. Nellie pensa alors aux milliers de choses qu'ils ne connaissaient pas et qu'ils ne connaîtraient jamais : ce vernis familial de références communes, de plaisanteries, d'événements, de calamités ; ce sentiment d'appartenir à une famille qui est comme une poubelle de cuisine : couche sur couche des choses qui composent la vie. L'édifice que construisent les amants est, par comparaison, délicat et unidimensionnel. La vue de l'enfant de votre bien-aimé(e) n'est qu'un exemple du fait que celui ou celle que vous aimez a une histoire longue et compliquée qui n'a rien à voir avec vous.

Ils souffraient en permanence. Quand ils étaient ensemble, ils se sentaient coupables, et, quand ils étaient séparés, ils brûlaient de se revoir. Les joies que connaissent les amants sont extrêmes, obtenues au prix de tout ce qui fait le confort de la vie. Les moments de bonheur sans entrave sont rares et ils viennent en général quand l'un des deux amants est trop épuisé pour réfléchir. Un matin, Nellie s'endormit dans la voiture. Elle se réveilla dans un rayon du faible soleil hivernal. Pendant un instant elle fut heureuse, tout simplement ; heureuse d'être elle-même, d'être avec Dan, d'être en vie. Ce fut un moment très bref, pur et doux comme de la crème. Dès qu'elle fut éveillée, il disparut. Rien n'était simple. Son cœur lui pesait comme un poids. Rien n'était clair, rien n'était raisonnable, rien n'était libre. Il n'y avait aucune explication évidente à rien.

Comme je voyais très peu Nellie, je soupçonnais qu'il se passait quelque chose : elle faisait partie de ces personnes qui se cachent quand elles ont des ennuis. Je savais que, si elle avait besoin de parler, elle viendrait me trouver, et c'est exactement ce qu'elle finit par faire.

Un secret par nature doit être partagé. Sans aveu, il est incomplet. Quand ce qu'elle éprouvait devint trop lourd à porter, Nellie me choisit comme confidente. J'étais un choix logique : je faisais partie de la famille, je connaissais Nellie depuis toujours et je connaissais aussi Dan depuis longtemps.

Elle arriva tôt un vendredi, au milieu d'une tempête hivernale. J'attendais de toute façon sa visite ; nous devions elle et moi aller chercher Jane plus tard dans l'après-midi, puis mon mari et moi, Nellie, Joseph et Jane, nous devions sortir dîner.

Elle entra, très belle, avec les joues roses et des diamants de neige fondue dans les cheveux. Elle portait une jupe grise et un pull qui était parme selon certains éclairages et gris pigeon selon d'autres. Elle secoua la tête pour sécher ses cheveux et, quand nous fûmes enfin installées dans le salon avec nos tasses de thé, je m'aperçus qu'elle était bouleversée.

– Tu as l'air toute retournée, lui dis-je.

– Je le suis. J'ai besoin de te parler.

Elle fixa le fond de sa tasse, et il était évident qu'elle prenait sur elle-même pour ne pas pleurer.

Elle dit finalement :

– Je suis amoureuse de Dan Hamilton.

– Et lui, est-il amoureux de toi ?

– Oui.

Cela ne me surprit pas, et le fait que je ne le fusse pas la bouleversa. Elle se mit à pleurer, ce qui la rendait encore plus charmante. Elle fait partie de ces heureuses créatures que les larmes n'enlaidissent pas.

– Je me sens tellement mal. Je m'en veux de ressentir ça.

– Rien ne te dispense de te sentir mal. Et rien ne te dispense de tomber amoureuse.

– J'étais sûre du contraire, répondit-elle farouchement. Je croyais que si j'y mettais toute ma volonté, si j'étais honnête envers moi-même, je ne commettrais pas ces erreurs.

– Ce n'est pas une erreur de tomber amoureux.

Elle me raconta alors tout. Il n'y avait pas d'accident, elle le savait. Si elle était tombée amoureuse, c'était pour une raison. Que cela révélait-il de sa relation avec Joseph ? Tous les accessoires émotionnels de son adolescence (la volonté, la détermination, la conviction qu'il existe une ligne droite) lui faisaient défaut. Elle ne voyait pas pourquoi l'amour lui était venu, à moins qu'elle ne l'ait cherché secrètement (sans se l'avouer, voulait-elle dire). Elle continua longtemps dans la même veine. Qu'elle fût quelqu'un qui attire l'amour (c'est le cas de certaines personnes, pas forcément attirantes ou belles physiquement comme le croyait Nellie) ne lui semblait pas une explication suffisante. Que quelque chose puisse tout simplement arriver n'était pas une notion qu'elle était capable d'appréhender. Elle ne croyait pas que les choses se contentaient d'arriver.

Elle parla jusqu'à en être enrouée. Elle ne s'était rien épargné. Elle dit en conclusion : « Je voulais être comme toi, solide et fidèle. Je pensais que ma période sentimentale était terminée. Je pensais que j'étais devenue adulte. Je voulais avoir avec Joseph ce que tu as avec Edward : un bon mariage sans complications. »

Il n'est jamais facile de détruire l'image agréable et flatteuse que d'autres personnes ont de votre vie. Si le désarroi de Nellie n'avait pas été aussi intense, je ne me serais pas sentie obligée de lui faire à mon tour un aveu. Mais je me sentais plus courageuse devant mon ardente cousine. En fait, j'étais contente qu'elle souffre. Je savais qu'elle divisait le monde entre les gentils ploucs comme moi et les moralistes aux sentiments exacerbés comme elle. Une bonne histoire d'amour, me disais-je, pourrait peut-être arrondir certains angles.

Je commençai par lui dire que la rigueur avec laquelle elle considérait ce qu'elle appelait l'univers moral ne laissait pas beaucoup de latitude à quiconque, mais que, néanmoins, j'allais lui dire quelque chose qui lui permettrait peut-être de relativiser sa souffrance.

– J'ai été amoureuse plusieurs fois depuis que je suis mariée. Et j'ai eu plusieurs liaisons.

Je fus ravie de voir que son expression était de pur soulagement.

– Je croyais que vous étiez tellement heureux, Edward et toi.

– Nous le sommes. Mais je ne suis qu'un être humain et je ne recherche pas la perfection. L'amour me fait du bien. Il y a eu des moments dans ma vie où j'ai eu simplement besoin d'être aimée par quelqu'un d'autre et j'ai eu assez de chance pour trouver quelqu'un qui m'a aimée. Et regarde-moi ! Je ne suis pas belle, et je n'ai rien de spécialement attirant, mais je m'intéresse à l'amour et c'est comme ça qu'il me vient. Parfois Edward n'a pas été là quand j'avais besoin de lui ; ça arrive dans tous les mariages. On dit qu'un mariage fonctionne bien à deux, et parfois à trois, et on a raison. Mais ça n'a rien à voir avec toi, parce que je choisissais mes complices pour leur discrétion et leur volonté affirmée de toujours maîtriser la situation. J'ai eu des moments difficiles, mais j'ai toujours maîtrisé la situation. Je vois que pour toi, une liaison qui ne menace pas ton mariage n'en est pas vraiment une, mais voilà.

Nellie resta silencieuse un long moment. Elle paraissait épuisée et barbouillée de larmes.

– L'un des bons côtés de cette histoire d'amour, dit-elle, c'est que ça m'a forcée à descendre de mes grands chevaux. C'est très gentil de m'avoir dit ce que tu viens de me dire.

– Nous sommes tous sérieux à notre façon. Maintenant je pense que tu as besoin d'une sieste. Tu as l'air complètement crevé. Je vais appeler Eddie et je lui dirai de retrouver Joseph quelque part, et quand tu te réveilleras on réfléchira à l'endroit où on emmènera Jane dîner.

Je lui donnai deux coussins brodés en guise d'oreillers, je la recouvris d'une couette et j'allai appeler mon mari. Quand je revins, je m'assis pour regarder dormir ma cousine. La lumière jaunâtre de la neige fondue jouait sur son front et sur ses pommettes.

Elle était couchée sur le côté, la main légèrement repliée. Ses cheveux avaient été attachés autour de son cou, mais quelques mèches s'étaient échappées. Elle ressemblait à la nymphe Procris dans le tableau de Piero di Cosimo, *La Mort de Procris*, aussi appelé *Sujet mythologique*, qui représente la pauvre Procris qui vient d'être tuée accidentellement par son mari Céphale. Céphale est un chasseur dont la lance ne manque jamais sa cible. Un jour il entend du bruit dans la forêt et, pensant qu'il s'agit d'un animal sauvage, il le vise. Mais ce n'était pas un animal sauvage. C'était Procris. Dans le tableau, un petit jet de sang s'échappe de sa gorge. À ses pieds est assis son chien Lelaps, tout triste, et à sa tête il y a un satyre qui semble avoir le cœur brisé. Cette peinture est remplie de la souffrance et de la solitude que les romantiques éprouvent en amour.

Ce qu'il y a de bien dans le mariage, c'est que la vie avance tranquillement, comme si la vie était un chemin sinueux bordé de solides platanes. Une histoire d'amour est comme une flèche. Elle donne à la vie une direction intense, même si ce n'est que pour un instant. Les lois qui régissent les histoires d'amour agiraient pour Nellie et Dan : soit ils s'enfuiraient ensemble, soit ils se sépareraient, ou ils trouveraient le moyen de transformer leur histoire en amitié. Si vous vivez assez longtemps, que vous êtes placide et facile à vivre, les gens vous racontent tout. Presque tous les gens que je connais m'ont avoué avoir eu une histoire d'amour, sous une forme ou sous une autre.

Mais je n'avais jamais parlé de mes amours à qui que ce soit. Nellie allait-elle penser que mes liaisons n'avaient eu aucune conséquence ? Évidemment, je ne m'étais jamais laissé emporter à ce point par mes sentiments envers un homme, mais j'avais fait très attention de ne choisir que des partenaires dont le mariage était très solide et qui savaient s'amuser. Chaque liaison avait été le résultat de l'un de ces bas que connaissent tous les mariages, et chaque séparation, quand le moment fut venu de se séparer, s'était déroulée sans heurt. En fait, je ne voyais pas l'amour de la même façon que Nellie. Elle recherchait un absolu. Je me la rappelais quinze ans auparavant, à l'âge de vingt-trois ans, rejetant tous les charmants jeunes gens convenables qui voulaient l'inviter à dîner et qui ne l'intéressaient pas. Elle pensait que ce genre de sortie était répréhensible. Quand mon mari et moi, nous lui en fîmes le reproche, elle répondit d'un ton passionné : « Je ne veux pas de vie sociale. Je veux l'amour, ou rien. »

Eh bien, elle avait trouvé ce qu'elle voulait. Elle était là, épuisée, profondément endormie, avec un air à la fois sauvage, paisible et troublé. Elle n'avait pas de chien pour la protéger, pas de satyre pour la pleurer, et pas de lit de fleurs des champs sous elle comme la nymphe du tableau.

Qu'il était agréable d'être assise dans une pièce chaude et confortable, par une glaciale journée d'hiver, à contempler quelqu'un que vous aimiez, dont la vie avait toujours eu pour vous le plus grand intérêt. Procris dans le tableau est à moitié nue, mais Nellie semblait tout aussi vulnérable.

Il serait tout à fait passionnant de voir ce qui allait lui arriver ; mais cela avait toujours été un plaisir de la regarder.

Une épouse presque parfaite

Dans la famille de Polly, tout le monde était bizarre d'une façon ou d'une autre. Sa mère, Wendy, n'arrivait pas à retenir le nom des gens et, une fois qu'elle s'était trompée, il lui était impossible de revenir en arrière. Par exemple, elle appelait Douglas Stern « Derwood », et ce depuis quinze ans. Elle n'arrivait jamais à se rappeler le nom des amies d'école de Polly (sauf si c'étaient les enfants de ses amies) et elle les appelait « la petite Underwood », « la petite Rice », « la fille Harbison » ; Wendy n'avait pas du tout apprécié la fille Harbison, qui n'avait donc pas eu droit à « la petite » devant son nom. Wendy se trompait aussi sur le nom de gens célèbres. Elle n'appelait pas Pablo Picasso « Carlos », comme on le disait dans sa famille, mais elle en aurait été capable. Son vrai prénom était Hortensia, et ses sœurs (leur nom de jeune fille était Mendoza) étaient Carmelita, dite Lila ; Hildegarde, dite Hattie ; et Graciela, dite non pas Grace, comme on aurait pu s'y attendre, mais Nancy. Cela expliquait sans doute la difficulté qu'avait Wendy à retenir les noms.

Polly était flanquée de deux frères difficiles. Henry Jr, le plus jeune, avait une passion dans la vie :

l'aérodynamique. Enfant, il restait dans sa chambre à profiler des cerfs-volants et à fabriquer des modèles d'avion. Il avait été allergique à beaucoup de substances présentes partout, comme le lait de vache, la poussière et les plumes. Il avait choqué la famille en allant dans une école d'ingénieurs – les Solo-Miller ne connaissaient pas d'ingénieurs et ne savaient pas quelle sorte de gens c'étaient. Dans cette école, il avait rencontré une Tchèque, Andreya, et ils s'étaient mariés. Soit Andreya maîtrisait mal l'anglais, soit elle était timide. Elle parlait rarement. Polly disait qu'Henry et Andreya communiquaient algébriquement et qu'ils n'avaient pas besoin de se parler normalement. Andreya, qui était aussi ingénieur, était végétarienne, ce qu'elle et Henry n'avaient jugé bon de révéler à personne. En la voyant faire passer le rôti de bœuf ou le gigot d'agneau sans y toucher, la famille avait cru pendant des années qu'elle essayait de s'affamer, bien qu'elle fût en excellente santé. On aurait facilement pu lui préparer une charmante assiette de légumes, si on avait su.

Le frère aîné de Polly s'appelait Paul, mais sa mère le connaissait aussi sous le nom de Polly. Et puisque le père de Polly était Henry Sr, cela ne donnait à Wendy que deux prénoms à retenir. Paul avait toujours été solitaire et difficile. On disait que c'était un génie, mais il était tellement silencieux que personne ne l'avait jamais entendu dire quelque chose de génial. Comme son père, il était avocat ; on pensait donc que ses associés avaient seuls le privilège de goûter à son génie. Quant à Henry Jr, qui était aussi censé être très intelligent, seule Andreya comprenait quelque chose à son domaine de spécialisation. Paul aurait dû être marié, mais il ne l'était pas. Il ne donnait aucun signe d'homosexualité ; chez les Solo-Miller, cela voulait dire s'intéresser plus au théâtre ou à l'opéra que les conventions sociales ne le demandaient. En fait, il voyait quelqu'un, une femme légèrement plus âgée que lui qui tenait une boutique d'antiquités à la mode et avait deux filles adolescentes, des jumelles. Il n'avait pas présenté cette femme (c'est comme cela que Wendy parlait d'elle) à la famille, mais on les voyait souvent aux concerts symphoniques, qui étaient la passion de Paul, suivant tous les deux sur la même partition.

Le père de Polly était quelque peu dérangé. Il pensait qu'il fallait laver tous les aliments avant de les manger, même les œufs dans leur coquille. Personne ne prêtait beaucoup d'attention à cette lubie sauf Polly, qui avait mis un poulet dans la machine à laver quand elle était adolescente. On mangeait en général merveilleusement bien chez les Solo-Miller, et on mentait donc constamment à Henry Sr. On lui disait que tout avait été lavé, même si ce n'était pas le cas. Il avait des caprices en matière de nutrition, et on lui disait toujours que le beurre dans son assiette était en fait de la margarine et que tous les légumes avaient une origine biologique vérifiable.

Quant à Polly… Polly était une perle. Sa famille l'adorait, mais personne ne lui accordait vraiment d'attention. Elle était solide et normale : ouverte, enjouée, de tempérament égal. Elle n'avait aucune bizarrerie et rappelait à sa famille ce à quoi ils auraient ressemblé s'ils n'avaient pas été aussi inhabituels – terme qui pour Polly n'avait qu'une connotation péjorative. Elle était belle, comme tous les Solo-Miller, elle cuisinait bien, jouait bien aux jeux de société ; elle pouvait écrire des vers sans queue ni tête, elle se rappelait le nom de tout le monde, faisait parler les asociaux et poussait les timides à s'exprimer. Polly avait épousé un homme appelé Henry Demarest, qui était aussi avocat, et ils avaient deux enfants. On disait en plaisantant que Polly avait épousé un avocat nommé Henry pour ne pas troubler cette pauvre Wendy, qui mélangeait tout.

C'était une famille que les gens qui n'avaient pas de famille, ou dont la famille avait des problèmes, ou ne s'entendait plus, regardaient avec envie. Et quand ils regardaient les Solo-Miller, ils sentaient à quel point la vie était injuste. Ils avaient l'argent, la beauté et un très fort sentiment d'appartenance. Ils se comportaient comme une tribu exclusive, et on avait l'impression que les Solo-Miller préféraient la compagnie des autres Solo-Miller à celle de quiconque. Les sœurs de Wendy étaient considérées comme faisant partie de la tribu. Les Solo-Miller attiraient des personnes dans leur cercle, mais la famille, bien sûr, venait en premier.

Tout en eux était attirant, y compris leurs bizarreries. Et même si Paul était anormalement silencieux et qu'il refusait de montrer son amie, si la femme d'Henry Jr ne voulait pas parler anglais, si Wendy se trompait constamment, et si Henry Sr avait une opinion sur tout, la famille était souvent réunie.

Ils se réunissaient pour le brunch le dimanche, pour les anniversaires de naissance et de mariage, pour le Nouvel An, pour Noël et pour le dimanche de Pâques. C'était une très vieille famille juive, de celles qui sont plus américaines que juives. Ils se retrouvaient pour la

Pâque juive, mais pas pour Hanukah, et ils allaient à la synagogue deux fois par an, pour Rosh Ha-Shana et pour Yom Kippour. Pour cette dernière fête, ils ne jeûnaient pas, mais faisaient un déjeuner familial dans l'après-midi.

Ils mangeaient de la dinde à Thanksgiving, du jambon à Pâques, de l'oie à Noël et un chapon pour la Pâque, servis sur des assiettes anglaises de l'époque victorienne. Leur argenterie était danoise et ancienne. Ils aimaient boire dans de grands verres et dans des verres à vin, tous en cristal taillé. Les vrais verres à vin leur semblaient précieux et faisaient trop nouveau riche pour eux.

Par une journée du début du printemps, Polly était assise dans un grand fauteuil en cuir du bureau de son père. Les Solo-Miller avaient un appartement en duplex et le bureau était au deuxième étage. Polly entendait faiblement le bruit de ses enfants, Pete (six ans) et Didi (quatre ans) qui ennuyaient en bas leur père et leur grand-père. Elle avait sur les genoux le journal de dimanche. Elle l'avait feuilleté et maintenant elle regardait par la fenêtre, au-dessus du grand vase en porcelaine chinoise dans lequel étaient disposés des lys et que Wendy avait installé sur une table dans l'angle. Elle terminait son café et attendait le bon moment pour appeler son cher et tendre. Polly avait une liaison avec un homme de son âge, un peintre nommé Lincoln Bennett. Elle composa son numéro, laissa sonner une fois, raccrocha, puis composa de nouveau le même numéro. C'était un signal. Il décrocha immédiatement.

– Domino, dit-il.

– Hello Linky, dit Polly. Ce n'est que moi.

– Que toi, hein ? dit Lincoln. Le téléphone n'a pas arrêté de sonner de la journée, et ce n'était jamais que toi, hélas. J'imagine que tu es dans le bureau ?

– Oui.

– Et l'avocat est en bas avec les mouflets ?

– Oui.

– Quel est donc notre planning, ma jolie chérie ?

– Eh bien, figure-toi que j'ai un autre séminaire en ville.

– Mmm. Le coup du pseudo-séminaire. Heureusement que personne ne comprend ce que tu fais comme travail. Tu peux être ici pour trois heures ?

– À peu de chose près.

– Très bien, ma Mina. Et rapporte-moi un peu de saumon, veux-tu ?

Lincoln était la seule personne qui appelait Polly par son vrai nom, qui était Dora. Il l'appelait aussi de plusieurs autres noms, qu'il inventait parfois au fur et à mesure : Doe, Dot, Dottie, Dodo, Doreen et Dom, qui était devenu Domino puis Mina. Lincoln connaissait Henry Jr depuis l'école primaire ; c'est leur intérêt pour les cerfs-volants qui les avait rapprochés. Il y avait eu bien des tentatives pour attirer Lincoln dans l'orbite Solo-Miller. En fait, sa grand-mère avait été amie avec la grand-mère de Polly. Mais Lincoln n'aimait pas spécialement le concept de « famille » et il pensait que les Solo-Miller, en tant qu'unité, étaient plutôt antipathiques. Il les trouvait suffisants. Si on leur trouvait du charme, on disait qu'ils étaient excentriques. Sinon, ils étaient énervants. Lincoln estimait que les Solo-Miller n'appréciaient pas leur belle, leur remarquable Polly à sa juste valeur. Polly était différente : sa situation privilégiée ne l'avait pas rendue olympienne et hautaine comme son frère Paul, ou arrogante et maussade comme Henry Jr. En faisant de son mieux pour plaire à tout le monde, elle était devenue gentille, tendre et innocente. Quant aux Solo-Miller, ils auraient aimé ajouter Lincoln à leur collection. Wendy, qu'il avait du mal à supporter, l'avait toujours apprécié. « Ce charmant Leonard Bender, disait-elle. Si charmant, si bien élevé, pour un peintre. »

Polly l'avait revu à l'un de ses vernissages. Son mari Henry, son frère Henry et elle étaient allés à la belle galerie de Lincoln et avaient dégusté du vin blanc tout en admirant ses tableaux. Il avait réellement beaucoup de talent. De plus, il était très séduisant : grand, dégingandé avec un côté gamin, un visage sévère, des lunettes austères et une masse épaisse de cheveux raides qui lui tombaient sur le front. Il avait une grande bouche presque boudeuse et, quand il souriait, son visage devenait enfantin. Il portait le genre de vêtements que mettrait un jeune pêcheur, ou peut-être qu'il s'agissait de la tenue typique d'un peintre : pull à col roulé, pantalon en tweed lourd et de grosses chaussures à lacets qui paraissaient avoir été huilées. Polly vit tout de suite qu'il était un peu étrange. Et elle ne fut pas surprise quand, lorsqu'ils se saluèrent, il l'embrassa sur la bouche. « Oh, pardon, dit-il. Je vous ai prise pour quelqu'un d'autre. »

Cela faisait huit ans que Polly était mariée avec Henry Demarest. Il était grand et beau. Ses cheveux courts bouclaient avec n'importe quelle coupe et il achetait des vêtements classiques pour lesquels il aimait dépenser beaucoup d'argent. Ses sous-vêtements étaient faits sur mesure, en coton Pima. C'était un mari parfait, qui ressemblait tellement au reste de la famille de Polly qu'elle n'avait pas eu beaucoup d'efforts à faire pour s'y habituer. Sa demeure actuelle était une réplique de celle de son enfance, en moins majestueuse. L'enfance de ses enfants était une réplique de la sienne. Henry avait de la vie une vision très Solo-Miller. Elle était passée d'une famille à une autre et souvent elle ne voyait pas de différences entre les deux. Le baiser de Lincoln eut un effet assez radical. Elle le sentit jusqu'à la plante de ses pieds.

Avant de partir, elle alla le voir.

– Je veux acheter l'une de ces huiles, dit-elle.

– Je crains que vous ne soyez obligée de passer à mon studio. Voulez-vous venir maintenant, ou êtes-vous libre demain ?

– Demain. À quelle heure ?

– Dès que possible. Je suis toujours là. Voici ma carte. L'adresse est dessus.

Le lendemain, elle arriva à son studio à midi. C'était le seul moment où elle était libre, mais cela la gênait d'arriver à l'heure du déjeuner. Quand il ouvrit la porte, Polly l'embrassa soudain sur la bouche.

– Oh, je suis désolée, dit-elle. Je vous ai pris pour quelqu'un d'autre.

Son cœur battait à toute allure. Elle ne comprenait pas ce qui s'était emparé d'elle.

– Je savais que vous seriez là pour déjeuner, dit Lincoln.

Au fond de son grand studio bien agencé, il y avait son coin à vivre : un lit, une table en bois, six chaises, un bureau et un fauteuil. Le couvert avait été mis sur la table, ce qui fit fondre le cœur de Polly. Le déjeuner consistait en du pain, du fromage, une bouteille de vin, une grappe de raisin et une assiette de petits gâteaux. Après le déjeuner, ils allèrent directement au lit comme si tout avait été prévu d'avance.

Ils passèrent l'après-midi au lit. Polly appela son bureau et inventa une excuse. Elle fut surprise de la facilité avec laquelle elle mentit. Elle appela sa gouvernante et inventa une autre excuse. À la fin de l'après-midi, ils étaient tous les deux amoureux. Ils riaient, s'amusaient et jouaient comme des enfants, et, quand l'heure fut venue pour Polly de rentrer chez elle, ils mirent aussitôt au point un planning. Ils étaient tous les deux très organisés. Polly appellerait Lincoln à une certaine heure les trois jours de la semaine où elle se rendait à son bureau. Quand elle restait chez elle, elle l'appellerait un peu plus tôt, après le départ d'Henry et des enfants au travail ou à l'école. Ils se retrouveraient aussi souvent que possible, et si jamais on les voyait Polly dirait que Lincoln faisait son portrait pour Henry ou pour ses parents, et s'il fallait un jour produire une telle œuvre, Lincoln le ferait en un rien de temps.

En fait, Polly était la reine de l'organisation. Comment sinon aurait-elle pu s'occuper de deux enfants, tenir son foyer, donner des instructions à la gouvernante, avoir une vie sociale, satisfaire un mari qui pouvait parfois être un peu difficile, participer à la vie de sa famille, et aussi avoir un amant ?

Quant au métier de Polly, sa mère n'arrivait jamais à retenir ce que c'était exactement. Elle parvenait à comprendre « avocat », « professeur », « décorateur », ou même le travail d'Henry et d'Andreya, qui était « ingénieur en aéronautique ». Mais « assistante coordinatrice chargée de l'évaluation des nouvelles méthodes de lecture » dépassait son entendement. Il s'agissait de recenser et d'évaluer tous les nouveaux projets de lecture disponibles pour les écoles. Polly travaillait pour une association qui fournissait des informations à l'Agence nationale de l'éducation. Wendy pensait que c'était une activité très étrange, mais elle ne comprenait pas que l'on puisse avoir un métier qui ne fût ni glamour ni productif, ou au moins intéressant à décrire. En outre, Wendy appartenait à la vieille école, et tout au fond d'elle-même, sans vouloir se l'avouer, elle ne croyait pas que les femmes devraient travailler – à moins d'être, par exemple, directrice d'une grande compagnie de cosmétiques. Les femmes convenables devaient être bénévoles. Quand elle pensait à des femmes qui étaient obligées de gagner leur vie, Wendy se représentait des bibliothécaires, ou les vendeuses du rayon lingerie chez Saks Fifth Avenue, ou Madame Rubinstein. Elle ne comprenait pas que Polly ait pu se trouver un emploi qui semblât aussi ennuyeux et bureaucratique ; mais, d'un autre côté, Polly avait toujours été la personne la plus flegmatique de la famille.

Ce travail lui offrait une marge de manœuvre considérable. Il entraînait un certain nombre de pseudo-séminaires dans le quartier de Lincoln et l'obligea même, une fois, à partir en déplacement ; trois jours dans le Vermont avec Lincoln. Les collègues de Polly n'étaient pas des gens fréquentables pour Henry Demarest ; il ne découvrirait donc jamais que ce déplacement n'avait rien eu de professionnel.

Après avoir appelé Lincoln, Polly s'assit à la table de ses parents avec le cœur léger. Le fait qu'elle aimait Lincoln et que Lincoln l'aimait avait sur elle le même effet qu'un jouet secret et longuement désiré produit sur un enfant : elle n'arrivait pas à croire qu'il était vraiment à elle.

D'aussi loin que Polly s'en souvienne, rien n'avait changé sur la table. À la place de chacun, il y avait un petit verre de jus d'orange fraîchement pressé. Il y avait des assiettes décorées de bleuets, de faisans et de sarments de vigne. Il y avait de lourds plats blancs recouverts de saumon fumé, de tomates coupées en tranches, d'oignons et de quartiers de citrons. Il y avait un plat de fromage blanc qui avait été moulé dans un moule à pudding ; et des panières en argent remplies de morceaux de pain grillé ; et des pots de câpres en verre bleu cobalt. Du côté de Wendy, il y avait la grande cafetière en argent, le pot à lait chaud en argent et le gros sucrier en argent plein de morceaux de sucre que l'on prenait avec une pince en argent. Les tasses dans lesquelles ils buvaient le dimanche matin étaient en porcelaine coquille d'œuf décorées d'oiseaux. Polly n'aimait pas ces tasses et ne les avait jamais aimées. Elle préférait boire son café dans une grande tasse, mais ce goût n'était partagé par aucun membre de sa famille à part Lincoln, qu'elle incluait dans sa famille parce qu'elle l'aimait tellement. Dans ces tasses fragiles, le café restait trop chaud pour pouvoir être bu tout de suite, mais si on traînait un peu trop, le café devenait tout d'un coup complètement froid.

Autour de la table, il y avait Wendy, Henry Sr, Pete, Didi, Henry Demarest et trois places vides pour Paul, Henry Jr et Andreya. Et puis il y avait Polly.

Comme tous les dimanches, Henry Sr commença par se plaindre du saumon fumé.

– C'est exactement comme de fumer des cigarettes, dit-il. Polly, je ne comprends pas comment tu peux faire manger ça à Pete et à Didi.

– Papa, ce saumon est très légèrement fumé. Nous avons parcouru tous les magasins de New York, maman et moi, pour faire des comparaisons, et ce saumon-là est celui qui est le moins traité et le plus légèrement fumé. Il est à peine fumé.

– C'est encore pire. La chair des poissons est l'endroit où les parasites préfèrent se nicher. Au moins, le fumage les tue.

– Oui, papa. Mais ce saumon-ci est fumé juste comme il faut, sans pourtant être nocif.

Elle passa la panière en argent à ses enfants.

– Ne te jette pas dessus, mon chéri, dit-elle à Pete. Quand on te passe quelque chose, tu le prends délicatement.

– Je suis une grosse bête, dit Pete. Grosse, grosse, grosse.

– Même une grosse bête peut prendre un morceau de pain sans se jeter dessus.

– Pas possible, dit Pete. Elles ont de grosses pattes pleines de poils et elles sont obligées de se jeter sur la nourriture. Grosse, grosse, grosse.

– Ça suffit maintenant, dit Polly, mais avec douceur.

Elle ne pouvait pas s'empêcher d'aimer que ses enfants fassent des bêtises. Au fond de son cœur, elle était de leur côté et elle attendait avec impatience que son mari parte en voyage d'affaires pour pouvoir manger des plats simples avec eux autour de la table en bois de la cuisine. Polly aimait faire du ragoût de mouton, du hachis Parmentier, de la purée de pommes de terre, du lait caillé, des figues fourrées à la crème, des galettes de maïs, des cookies et des gâteaux de riz. Elle servait des plats plus élaborés à Henry. Il aimait la cuisine compliquée ; poitrine de veau farcie, châteaubriant, jambon frais aux pistaches, que Polly était heureuse de lui préparer. Mais le moment de l'année qu'elle préférait était la fin février, avec beaucoup de grésil et de vent, quand Henry était à Boston, à Dallas ou à San Francisco, et qu'elle et les enfants faisaient les imbéciles en dînant. Ses enfants savaient instinctivement que leur mère était à peu près incapable de les arrêter, alors quand ils n'étaient pas sages, c'était toujours avec délicatesse.

– Grosse, grosse, grosse, chuchota Didi, dont le vrai nom était Claire.

– Arrêtez ça tout de suite, vous deux, dit Henry Demarest.

Il aimait tendrement ses enfants, mais il les trouvait agaçants lors des repas. Les soirs de semaine, Polly restait avec Pete et Didi pendant qu'ils dînaient puis elle mangeait avec Henry, qui aimait compartimenter son temps : une heure après être rentré chez lui (s'il ne travaillait pas tard), il buvait son apéritif et laissait les enfants ramper sur lui. Puis il aimait les mettre au lit, les embrasser et leur souhaiter une bonne nuit, avant de s'asseoir devant un bon repas dans la salle à manger avec Polly.

Pete et Didi obéissaient toujours à leur père, mais quand Polly les regardait, elle les voyait articuler « grosse » sans émettre de son, encore et encore, avant de piquer un fou rire silencieux.

Lors de ces brunchs, la famille était censée parler des affaires de famille, de l'actualité, et partager des moments de leur vie professionnelle. Quand ils étaient enfants, Paul, Polly et Henry Jr avaient appris l'art de faire la conversation à table, mais il n'était pratiqué que par les parents Solo-Miller, Polly et Henry Demarest, qui y excellait.

Avant que la conversation ne se fût vraiment engagée, la porte d'entrée s'ouvrit et Paul, Henry Jr et Andreya apparurent avec le chien d'Henry et Andreya. Ils avaient tous les joues rouges à cause du froid. Il y eut beaucoup d'embrassades et de serrages de mains, puis tous se mirent à table pour manger et parler.

Comme toujours, la table se divisa entre les juristes et les silencieux, avec Polly au milieu. Henry Demarest et Henry Sr débattaient d'un point de droit et demandaient de temps en temps l'arbitrage de Paul. Paul acquiesçait, disait oui, ou non, ou en effet (son père et lui utilisaient cela pour ne pas s'engager tout en se faisant une tartine).

Le chien d'Henry et Andreya était un bluetick hound que Wendy avait pendant des années appelé un « moustique hound ». Puis elle avait pensé que le chien avait des tiques et l'avait banni de la maison. Quand on lui eut expliqué que c'était une race et non une maladie, elle était revenue sur sa décision, mais elle n'aimait pas les chiens, sauf à la campagne, où ils appartenaient à d'autres gens. Henry Sr et elle pensaient qu'ils apportaient des tas de choses horribles de la rue dans la maison sur leurs pattes. Ce chien-là s'appelait Kirby. Wendy, bien sûr, l'appelait Kelly.

Le fait qu'Henry Jr nourrisse cet animal sous la table avec des morceaux de saumon fumé donnait à Wendy envie de hurler et, quand Andreya faisait la même chose, cela lui donnait envie de bondir, mais elle restait silencieuse. On pouvait parler sèchement d'Andreya, mais on ne pouvait pas parler sèchement à Andreya. Henry et Andreya le savaient tous les deux et c'est donc surtout Andreya qui nourrissait Kirby sous la table. Henry s'intéressait trop à ce qu'il avait dans son assiette pour remarquer que sa mère essayait d'attirer son attention. Il faisait autre chose que sa mère trouvait insupportable. Polly et lui appelaient ça « construire un sandwich ». Ils aimaient empiler couche sur couche sur couche des choses sur un triangle de pain grillé avant de le manger en deux bouchées. Wendy, Henry Sr et Paul trouvaient cela répugnant. Polly adorait. Quand elle était seule elle faisait la même chose, mais jamais devant ses enfants qui pourraient facilement prendre cette habitude, comme les chiens vont prendre de la nourriture sur une table, et la ramener chez leur grand-mère, au grand dam de celle-ci.

Bientôt la moitié juridique étendit sa discussion à l'ensemble de la table. Henry Jr parla longtemps d'un planeur qu'il allait construire avec Andreya. Une bonne partie de ce discours consistait en chiffres. Andreya acquiesçait vigoureusement de la tête, les yeux animés par l'effort produit pour comprendre. Paul posa deux questions directes sur l'économie de l'industrie aérospatiale et Henry Demarest raconta une anecdote compliquée à propos de l'un des clients de son cabinet, qui s'occupait d'une firme aérospatiale. Wendy se trompa en citant quelque chose qu'elle avait lu dans le journal à propos de ce qu'elle appelait le « moteur hydrocoïdal », puis Pete et Didi, qui avaient passé le déjeuner secoués de rires silencieux, devinrent insupportables à force de s'ennuyer et furent autorisés à sortir de table. Ils furent envoyés, comme c'était le cas tous les dimanches, dans la bibliothèque où ils pouvaient regarder des livres d'images ou enlever tous les coussins des canapés et des fauteuils pour se construire une forteresse. Le dimanche matin, Wendy sortait tous les objets fragiles de la bibliothèque pour que les enfants puissent s'en donner à cœur joie.

Pour élargir la conversation, Wendy demanda à Henry Jr des nouvelles de quelqu'un qu'elle avait rencontré une bonne vingtaine de fois.

– Et comment va ton charmant ami, Bill Friedrich ?

– Tom Friedrich.

– J'ai dit Tom, non ?

– Tu as dit Bill.

– Eh bien, quand je pense à lui je l'appelle Bill, mais j'essaye toujours de dire Tom. Tu n'es pas en train de donner à manger à Kelly sous la table, au moins ?

Elle savait qu'Andreya nourrissait Kirby sous la table et tous les dimanches elle tentait cette méthode pour la faire arrêter. Ça ne marchait jamais.

– Kirby, dit Henry Jr. Et je ne lui donne pas à manger. Polly, passe-moi le pain. Et le fromage. Non, attends, tout est de ton côté de la table. Construis-moi un sandwich, tu veux ?

Tandis que Polly empilait les couches du sandwich d'Henry, elle se retrouva au cœur de la conversation : les Solo-Miller insistaient pour que chacun ait un temps de parole équitable. En ce qui la concernait, cela consistait à lui poser des questions sur Pete et Didi. Polly s'était demandé si personne ne l'interrogeait jamais sur elle-même parce qu'elle était une fille, mais la réponse était non. Personne ne lui demandait jamais rien parce qu'elle était parfaitement normale. Elle avait terminé l'université avec des notes brillantes, elle avait travaillé un an dans l'enseignement de la lecture et s'était fiancée à Henry Demarest avant de se marier avec lui ; elle avait passé sa lune de miel en France, s'était installée près de chez ses parents, elle avait obtenu un diplôme de troisième cycle, et elle avait fini par donner naissance à Pete et à Didi. Elle n'était pas restée célibataire, elle ne s'était pas mariée avec quelqu'un qui refusait de parler anglais. Elle n'avait pas divorcé, elle ne s'était pas violemment disputée avec quiconque, elle n'avait aucune conception bizarre. Elle n'avait jamais donné de souci à personne.

Quand elle eut joué son rôle dans la conversation, Polly se leva de table. « Eh bien, vous tous, j'ai encore un de ces séminaires interminables et je dois y aller. Henry, les enfants ont interdiction de manger quoi que ce soit avant mon retour à la maison, à part un verre de lait et un gâteau pour le goûter. Au revoir, tout le monde ! »

Quand elle alla embrasser les enfants, elle vit qu'ils avaient enlevé tous les coussins du canapé et qu'ils s'étaient écroulés dessus. C'étaient des enfants si adorables, si mignons, si gentils l'un envers l'autre. Ils s'étaient endormis comme des chatons. Dans l'ascenseur, elle prit soin de ne pas révéler au liftier, qui la connaissait depuis qu'elle était adolescente, à quel point elle était soulagée.

Le studio de Lincoln était situé dans une petite rue dans laquelle s'alignaient des studios construits pour des artistes dans les années 1920. C'était une rue étroite et pavée avec des entrepôts de l'autre côté. Il était impossible de la descendre sans tomber sur un chat errant. Certains étaient sauvages et s'enfuyaient, d'autres se sentaient seuls et vous suivaient en miaulant désespérément. Ces chats solitaires donnaient à Polly envie de pleurer. Elle aimait les animaux en général, mais ces chats-là lui ressemblaient : si dévoués, si affamés d'amour.

Polly avait l'habitude de comprendre et de ne pas être comprise. Dans sa famille, son rôle avait été de consoler Henry si Paul avait été méchant avec lui, ou Paul si Henry l'avait frappé. C'est elle qui apportait son petit déjeuner au lit à sa mère quand Wendy ne se sentait pas bien, et qui préparait un verre pour son père le soir quand il rentrait chez lui épuisé par une journée passée dans les arcanes du droit. Elle savait qu'elle était moins fantasque que les autres membres de sa famille et qu'on pouvait donc compter sur elle. C'est Polly qui était toujours volontaire pour les corvées domestiques, qui laissait sa place pour un concert si des amis de la famille venaient à l'improviste, qui emmenait ses petits cousins au parc, qui connaissait les préférences alimentaires, les goûts et les aversions de tout le monde dans la famille, ainsi que les tailles de vêtements. Elle savait exactement comment Henry Demarest voulait que la table de la salle à manger soit mise, comment il aimait que ses chemises soient repassées, et comment ses enfants devaient se comporter. Elle passait sa vie, à s'adapter aux autres et elle avait souvent l'impression d'être du beurre étalé en fine couche sur une tartine.

Mais Lincoln, lui, la comprenait. Il savait quand il valait mieux ne pas lui parler ; quand elle avait besoin qu'il lui prépare une grande tasse de café fort, qu'il l'installe dans le confort de son fauteuil, qu'il lui mette un coussin sous les pieds, qu'il l'enveloppe dans un châle et la laisse tranquille. Polly s'allongeait alors, elle se plongeait dans son roman du moment pendant que Lincoln travaillait. Elle s'endormait souvent et Lincoln la dessinait.

En le voyant, Polly avait l'impression d'être un marin qui rentre au port après un long voyage. Ce n'était pas le sentiment qu'elle aurait voulu ressentir, mais c'était indéniable. Un jour, elle avait divisé le monde entre les femmes qui ont des amants et les femmes qui n'en ont pas. Mais voilà qu'elle, qui appartenait à la première catégorie, avait basculé dans la seconde, et avec un savoir-faire considérable. Dans ses moments les plus sombres, elle grinçait des dents et se disait : « Je mérite tout ça. »

– Bonjour, Linky, dit-elle pendant qu'il ouvrait la porte.

Il la prit dans ses bras et l'embrassa sur ses joues froides.

– Je suis une grosse bête, dit Polly.

– Tu es la femme la plus belle et la plus merveilleuse du monde, répondit Lincoln. Enlève ton manteau. Où est mon saumon fumé ?

Polly sortit un sachet en papier de son sac à main.

– Ça ne vient pas de chez les Solo-Miller. Tu l'as acheté chez le traiteur, non ?

– Oh, Linky, j'ai essayé, soupira Polly. La prochaine fois, je vais juste faire un énorme sandwich et quand ils me demanderont ce que je fabrique, je répondrai qu'au cours de ces séminaires, je procède à la multiplication des pains et des poissons. À lui seul, ce sandwich va nourrir soixante-quinze spécialistes de la lecture.

– Ils ne te poseront jamais la question.

– Tu as sans doute raison. C'est toute la beauté de la chose. Je n'aurai même pas à mentir. Personne ne me demande jamais ce que je fais.

– Viens un peu par ici, Dora, prends-moi dans tes bras et raconte-moi tout ce que tu as éprouvé ou pensé depuis vendredi.

Il la serra contre lui.

– Je t'aime vraiment très fort, dit-il.

– Moi aussi je t'aime très fort. C'est triste, n'est-ce pas ?

Quand il se fut assuré que Polly était bien dans ses bras, et au lit sous la couverture, Lincoln lui dit qu'une galerie d'art parisienne avait proposé de lui consacrer une exposition.

– Oh, Linky ! C'est formidable, s'exclama Polly.

– Il faudrait que j'aille y passer dix jours. Je n'ai pas envie de m'éloigner de toi aussi longtemps.

– Il faut absolument que tu y ailles, Linky. C'est seulement pour dix jours.

– Je veux que tu viennes avec moi.

Cette déclaration fit le même effet sur Polly que des montagnes russes sur un estomac. Elle se sentit parcourue de la tête aux pieds d'une vague de désir qui lui donna le vertige. Elle se rendit compte aussitôt qu'elle n'avait jamais eu davantage envie de quelque chose de toute sa vie. Évidemment, c'était totalement impossible.

– Viens passer cinq jours avec moi. Tu peux y arriver. Tu ne peux pas inventer un séminaire à Paris ? Conchita pourra s'occuper des mouflets.

Conchita était la gouvernante des Demarest.

– Tu pourrais trouver une solution, Doreen. Imagine combien ce serait merveilleux.

– Non, il n'y a aucune solution, répondit Polly.

Elle se redressa et éclata en sanglots. Depuis un an que leur liaison avait débuté, Lincoln ne l'avait jamais vue pleurer. Ses larges épaules laiteuses se soulevaient. Les Solo-Miller étaient grands et larges d'épaules. Polly avait de longs flancs, des épaules bien découpées et un grand visage. Elle avait une peau de pêche, très douce. Ses mains étaient belles et puissantes, et ses yeux clairs étaient piquetés de vert. Polly était myope, mais son père pensait que porter des lunettes était un signe de faiblesse. Polly cachait les siennes dans son sac à main et passait sa vie à plisser les yeux. Lincoln aimait voir le sourire de réconfort qui illuminait son visage quand elle était assez près pour voir distinctement ce qu'elle regardait, et son cœur s'était arrêté de battre un après-midi quand elle avait mis ses lunettes avant d'aller au lit avec lui. Il avait su alors à quel point elle l'aimait.

Tous les dimanches, elle était épuisée. Henry Demarest aimait lire le journal au lit le dimanche matin. Polly se levait avant tout le monde. Elle préparait le petit déjeuner des enfants et apportait à Henry le journal du dimanche et une tasse de café. Chez ses parents, elle passait une demi-heure avec son père qui avait toujours à se plaindre de quelque chose puis elle allait s'asseoir dans la cuisine avec Wendy qui ne voulait pas qu'on l'aide le dimanche, mais à qui il fallait faire la conversation. Puis c'était l'heure d'emmener les enfants au parc, ou de les ramener à la maison et de les habiller pour le déjeuner. Polly avait un quart d'heure pour elle dans le bureau, pour terminer son café, feuilleter le journal et rester seule. À présent, elle était au lit avec Lincoln Bennett et elle pleurait comme si son cœur allait se briser.

– C'est impossible, impossible, impossible, sanglotait-elle.

Puis elle se reprit un peu.

– C'est tout simplement impossible, Lincoln. J'ai pu me débrouiller pour partir dans le Vermont trois jours avec toi, mais pendant tout ce temps, je me faisais du souci : et si mes parents avaient besoin de me voir ? Si nous croisions quelqu'un que nous connaissions ? Et si Henry me téléphonait ?

– Henry était à Bruxelles.

– Ça simplifiait un peu les choses. Mais j'avais tellement peur. Et s'il arrivait quelque chose à Pete et à Didi ? Oh, c'était affreux.

– Affreux ? dit Lincoln.

Il passa ses bras autour d'elle. Sa douce Polly ne faisait presque jamais de faux pas. Cela montrait bien à quel point elle était malheureuse.

– Mais non, c'était délicieux, mais difficile. Non, c'est impossible. Je ne peux pas quitter le pays, c'est trop radical.

– Alors je reste. Ils n'ont pas besoin de moi là-bas.

– Linky, il faut que tu y ailles. Tu dois superviser l'accrochage, la disposition, tout. Je t'en prie, vas-y. Je me sentirais tellement mal si tu n'y allais pas.

– En fait, je n'en ai pas très envie. Tu me manqueras terriblement, Doe. J'aime quand on se cache, tous les deux. J'espère toujours que, quand les mouflets seront à l'université, nous étonnerons le monde entier en partant faire des croquis en Inde tous les deux. Je veux que nous soyons toujours comme ça, toi et moi, et quand nous aurons la cinquantaine, nous nous ferons la belle.

Il l'embrassa sur la joue. Elle se tourna vers lui. Ses yeux flamboyaient.

– Oh, Lincoln, dit-elle. Je t'aime tellement.

À cinq heures, elle appela chez elle pour dire à Henry qu'elle allait rentrer. Lincoln la regarda se rhabiller. Il aimait la voir passer ces vêtements épais, sobres et coûteux par-dessus ses cheveux ébouriffés. Il aimait la regarder redevenir une femme respectable. Quand elle enleva ses lunettes pour rentrer, la portée symbolique de ce geste leur apparut à tous les deux. Lincoln lui fit une dernière tasse de café et ils organisèrent leur emploi du temps.

– Qu'est-ce que tu as cette semaine ? demanda-t-il.

– Demain, dîner avec les associés. Mardi, à la maison. Henry est à Boston mercredi. Jeudi nous avons Paul, les Peckham et les Stern à dîner. Vendredi nous allons au théâtre avec papa et maman, tante Lila, Henry et Andreya. Samedi, je ne me souviens pas… une activité édifiante, peut-être un dîner avec un juge. Dimanche, brunch. Et toi ?

– Rien lundi, un vernissage mardi, toi mercredi, dîner avec mon père jeudi, et vendredi j'irai sans doute passer le week-end chez Gus et Juliet.

Gus était le frère aîné de Lincoln. Lui et sa femme Juliet étaient architectes. Ils avaient une petite fille, Daphne, un chien nommé Jip et un chat persan, Max, qui étaient tous architectes aussi, selon Lincoln, et ils avaient une maison dans le Connecticut, dans les collines du Berkshire.

Comme d'habitude, il leur fut difficile de se séparer, mais il n'y avait jamais eu d'incertitude dans leur relation, comme c'est si souvent le cas dans les liaisons. Lincoln et Polly s'étaient tout de suite déclaré leurs sentiments. Ils n'avaient ni l'un ni l'autre une grande habitude de l'amour et ne voyaient aucune raison de se dissimuler ce qu'ils ressentaient. En outre, ils étaient tous les deux très bien organisés et ils étaient toujours là où ils étaient censés être pour passer des coups de téléphone et en recevoir.

Ils savaient que leur relation était possible parce que Polly était mariée. Lincoln avait l'impression qu'il était né pour la maturité, pas pour la jeunesse, bien qu'il eût des côtés gamins. Il avait besoin de solitude. Les histoires d'amour, les fiançailles, le mariage, le nid familial, les enfants à élever, ce chaos n'était pas pour lui. Mais il avait un cœur aimant et ardent, et bien qu'il ne voulût pas se marier, il voulait la sécurité qu'apporte l'amour. Avec Polly, il avait trouvé exactement ce qu'il cherchait.

Polly n'aurait jamais pu être mariée à Lincoln, et elle le savait. Elle voulait une vie de famille, même si elle savait à présent qu'elle avait aussi besoin d'intimité ; et Lincoln lui en donnait. Lincoln pensait que la famille de Polly la protégeait de sa famille Solo-Miller, mais, en réalité, Lincoln lui-même protégeait Polly, même si cette idée ne lui serait jamais venue. Lincoln l'aimait non pour ce qu'elle savait faire, mais pour ce qu'elle était, ce que personne auparavant n'avait fait, à part les enfants de Polly. Lincoln l'aimait pour son esprit.

Parfois, la nuit, dans son lit confortable, sous le dessus-de-lit ancien bleu et blanc qu'Eva, la sœur d'Henry Demarest, leur avait offert en cadeau de mariage, Polly pensait à Lincoln et son cœur se serrait. Il était tellement adorable, tellement talentueux, tellement séduisant. Il avait de l'argent et venait d'une bonne famille. Il trouverait sûrement un jour une belle jeune fille adorable, talentueuse et séduisante, avec de l'argent et une bonne famille, il tomberait amoureux d'elle et il l'épouserait. La vie agréable et bien remplie que menait Polly ne l'avait pas préparée à une douleur de ce genre. À ces moments-là, elle se tournait vers Henry Demarest qui portait un pyjama anglais et aimait lire des romans policiers anglais. Il était si grand, si beau, si solide. Elle était mariée avec lui, après tout, et elle l'aimait aussi. Cela ne causait-il aucune souffrance à Lincoln ? Après ces réflexions, Polly allait souvent dans la salle de bains pour s'enfoncer le visage dans un grand drap de bain et pleurer sans que personne ne puisse l'entendre.

Le voyage de Lincoln à Paris coïncida avec un long déplacement professionnel d'Henry, qui partit la semaine entière. Polly alla travailler, emmena les enfants chez leurs grands-parents, invita son frère Paul à dîner, invita ses parents à dîner, et passa le reste du temps seule ou avec ses enfants. Vers la fin de la semaine, il se mit à tomber de la pluie et de la neige fondue. Pete, Didi et Polly mangeaient dans la cuisine, du poulet à la diable, des épis de maïs grillés, de la purée de courges et de la crème à l'ananas. Quand les enfants étaient couchés, elle avait la maison pour elle seule.

Elle ne s'était pas attendue à ce que Lincoln lui manque aussi violemment. C'était la chose la plus terrible qu'elle eût jamais endurée. Sans lui, elle se sentait seule au monde ; on avait besoin d'elle, mais personne ne la comprenait. Sans Henry, sa vie n'était pas normale. Sans Lincoln, elle n'était pas naturelle. Il faisait comprendre à Polly pourquoi tout le monde l'appréciait ; il est impossible de remercier quelqu'un qui vous offre un cadeau aussi magnifique.

Le dimanche, Polly emmena les enfants chez ses parents pour le brunch. Le temps printanier avait cédé la place à un beau temps froid. Partout dans la maison, Wendy avait disposé des vases remplis de branches de cognassiers, de forsythias et de lilas blancs. Il y eut davantage de blancs dans la conversation sans Henry Demarest, qui avait un don réel pour animer les discussions. Pete et Didi avaient déjeuné avant et avaient été envoyés dans la bibliothèque pour faire la sieste. Polly, Henry et Andreya devaient les emmener faire voler des cerfs-volants dans l'après-midi.

Comme d'habitude, Polly resta une demi-heure dans la bibliothèque avec son père avant d'aller dans la cuisine avec Wendy qui lui parla sans l'écouter. Elle essaya de discuter avec Andreya qui répondit par des « oui », des « non » et des « bien sûr » vigoureux.

Pendant le déjeuner, elle fit de son mieux pour maintenir un semblant de conversation ; c'était l'un de ses talents. Mais quand elle n'avait pas besoin de parler, elle se reculait légèrement sur sa chaise et elle pensait à Lincoln. Quand il n'était pas avec elle, elle continuait avec lui une conversation sans fin dans sa tête. Une interruption lui fit lever la tête et s'apercevoir qu'il n'était pas assis à table. Elle en fut surprise un instant. Il aurait été tellement naturel qu'il y fût. Sa famille était là. Elle leur ressemblait. C'était sa tribu, son clan, sa chair. N'était-il pas étrange qu'aucun d'entre eux ne sût ce qui lui tenait le plus à cœur ?

On emmitoufla les enfants, et Henry, Andreya et Polly les emmenèrent au parc. Henry Jr aimait les cerfs-volants simples et ordinaires. Il les achetait dans un magasin de jouets et les bricolait chez lui pour les rendre plus aérodynamiques. Andreya en avait un en buis, et pour chaque enfant ils avaient prévu un cerf-volant japonais : celui de Pete avait la forme d'un dragon, et celui de Didi d'un poisson. Polly les regardait, debout sur une petite hauteur. Dans son sac à main, elle avait la lettre d'amour que Lincoln lui avait écrite de Paris. Dans trois jours, il serait rentré. Henry Demarest devait rentrer le soir même. Il avait appelé tous les soirs, ce qu'il faisait toujours quand il était en déplacement.

Tous les cerfs-volants s'élevèrent aussitôt. Celui d'Henry Jr, qui était le plus aérodynamique, monta beaucoup plus haut que les autres. Celui d'Andreya fit quelques petits bonds désordonnés puis se suspendit doucement dans le ciel. Polly pensa au cerf-volant noir et argent de Lincoln, qui était accroché au mur de son studio et avait la forme d'une raie avec une queue noir et argent.

Les cerfs-volants des enfants avançaient en zigzag. La queue verte du dragon tressautait dans le vent et le poisson se tortillait. Les yeux de Polly se remplirent de larmes tandis qu'elle contemplait ces jolis cerfs-volants insouciants – des larmes d'amour, de désir de revoir Lincoln, d'espoir. Le dragon avait été conçu pour pouvoir voler en piqué, et, quand il piqua, Polly sentit son cœur s'ouvrir à l'amour et à la douleur. Bien sûr, on ne lui avait pas proposé de prendre un cerf-volant, mais elle se sentait émue et reconnaissante comme si on l'avait fait.

Table

La fille aux lunettes multicolores
(*The Girl With the Harlequin Glasses***) 7
Immersion (*Wet***) 29
Mr Parker (*Mr Parker***) 43
Le pèlerin solitaire ((*The Lone Pilgrim**) 53
L'amant immature (*The Boyish Lover**) 71
Une histoire à l'ancienne
(*An Old Fashioned Story**) 93
Intimité (*Intimacy**) 117
Voyage (*Travel**) 131
Le père de Delia (*Delia's Father**) 147
Sujet mythologique
(*A Mythological Subject**) 167
Une épouse presque parfaite
(*Family Happiness**) 191

* Nouvelle extraite de *The Lone Pilgrim*.
** Nouvelle extraite de *Passion and Affect*.

Du même auteur
aux Éditions Autrement :

ACCIDENTS

COMMENT SE DIRE ADIEU ?

DRÔLES D'OISEAUX – Huit histoires d'amour

FAMILLE, TRACAS & CIE

FRANK ET BILLY

RIEN QUE DU BONHEUR

UNE ÉPOUSE PRESQUE PARFAITE !

UNE VIE MERVEILLEUSE

Composition réalisée par FACOMPO (Lisieux)

Achevé d'imprimer en août 2010 en Espagne par
LITOGRAFIA ROSÉS
Gava (08850)
Dépôt légal 1re publication : août 2010
LIBRAIRIE GÉNÉRALE FRANÇAISE – 31, rue de Fleurus – 75278 Paris Cedex 06

31/2941/8